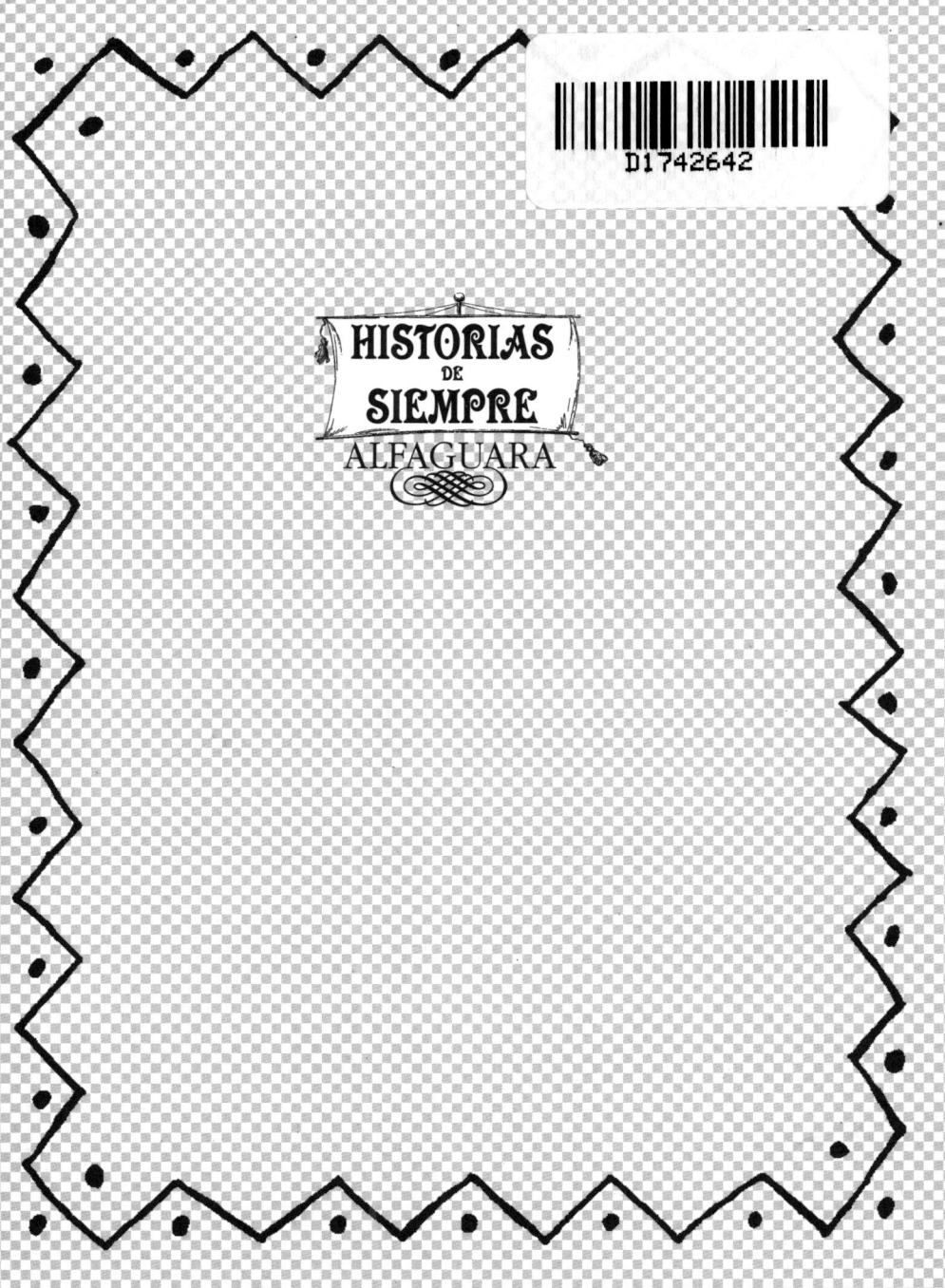

HISTORIAS
DE
SIEMPRE

ALFAGUARA

# DAVID CROCKETT

**David Crockett** es una obra colectiva concebida, diseñada y creada por el equipo editorial Alfaguara de Santillana, S. A.

En su realización han intervenido:
Edición: Marta Higueras Díez
Adaptación de la novela: **Sagrario Luna**
Ilustración: **José Mª Álvarez** y **Jesús Alonso**
Diseño de cubierta: Inventa C.G.
Revisión editorial: Almudena Ruiz
Realización: Víctor Benayas
Dirección técnica: José Crespo


© 1996, Santillana, S. A.
Elfo, 32. 28027 Madrid

Aguilar, Altea, Taurus, Alfaguara, S. A. de Ediciones
Beazley, 3860. 1437 Buenos Aires

Aguilar, Altea, Taurus, Alfaguara, S. A. de C. V.
Av. Universidad, 767. Col. Del Valle.
México, D.F. C.P. 03100

Editorial Santillana, S. A.
Carrera 134, nº 63-39, piso 12
Santafé de Bogotá-Colombia

ISBN: 84-204-5703-5
D. L.: M-26.452-1996
Impreso en Rogar, S.A., Navalcarnero (Madrid)

# DAVID CROCKETT

# Personajes

### David Crockett
Soldado y político norteamericano nacido en 1786 en el estado de Tenessee. Este gran cazador, amante de la naturaleza. Luchó contra los indios a las órdenes del general Jackson.

### General Jackson
General con el que colabora David Crockett en la guerra contra los creeks. Fue el séptimo presidente de los Estados Unidos.

### Polly Finley
Primera esposa de David, con la que tiene tres hijos.

### George Russell
Gran amigo de David. Los dos se alistan como voluntarios con el general Jackson en la guerra contra los creeks.

### Ojo Negro
Jefe de una tribu creek. A él se enfrenta David en combate. Lo vence y le perdona la vida.

### John Thimblering
Este hombre, de pasado turbio, se hace amigo de David y lo acompaña en sus aventuras.

## La historia de...
## DAVID
## CROCKET

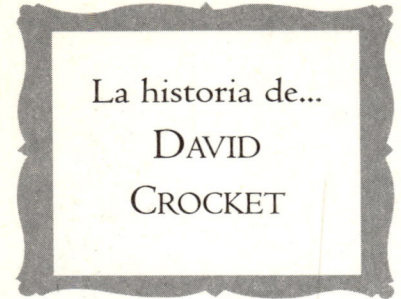

DAVID CROCKETT ERA UN INQUIETO MUCHA-CHO DEL ESTADO DE TENESSEE.

A LOS QUINCE AÑOS, YA SE HABÍA ENFREN-TADO SOLO A SITUACIONES MUY DIFÍCILES.

CRUZARÉ ESE RÍO HOY MISMO.

¡ES UNA LOCURA!

SU GRAN AFICIÓN ERA LA CAZA.

¡OH, ESTOY HERIDO!

A DURAS PENAS LOGRÓ LLEGAR HASTA UNA CASA. ALLÍ...

DESCANSE. TIENE QUE DORMIR PARA RECUPERARSE.

DAVID SE ENAMORÓ DE AQUE-LLA DULCE JOVEN Y AL POCO TIEMPO SE CASARON.

YO TAMBIÉN TE QUIERO, DAVID.

PERO UN DÍA, COMENZÓ UNA GUERRA CONTRA LOS INDIOS Y...

POLLY, HE DE ALISTARME COMO VOLUNTARIO.

DAVID LUCHÓ VALEROSAMENTE EN LAS FILAS DEL GENERAL JACSON.

BRAVO, CROCKETT.

GRACIAS, SEÑOR.

SI NO SE RESPETAN LOS TRATADOS DE PAZ CON LOS INDIOS, DIMITIRÉ.

DAVID CROCKETT FUE ELEGIDO POR SUS VECINOS JUEZ DE PAZ. MÁS TARDE FUE SENADOR EN EL CONGRESO.

TRAS SU DIMISIÓN EN EL CONGRESO, DAVID DECIDIÓ INSTALARSE EN TEXAS.

COMENZARÉ UNA NUEVA VIDA.

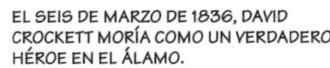

EL SEIS DE MARZO DE 1836, DAVID CROCKETT MORÍA COMO UN VERDADERO HÉROE EN EL ÁLAMO.

# UN MUCHACHO INQUIETO

**D**avid Crockett contaba sólo doce años cuando sus padres, necesitados de dinero, lo enviaron con un grupo de vaqueros a conducir ganado desde Tenessee a Virginia.

Habían transcurrido ya varias jornadas y continuaban avanzando por tierras desconocidas para el joven muchacho.

Ese día, al atardecer, hicieron un alto en el camino. En el precioso valle en el que se encontraban pasarían la noche. A la mañana siguiente reanudarían la marcha. Los hombres apovecharon para descansar antes de la cena y las reses pastaban tranquilas en medio de aquel inmenso prado.

David contemplaba el paisaje y empezó a pensar en sus padres, sus hermanos, su casa... Se puso triste. ¡Cuánto echaba de menos todo aquello!

Empezó a alejarse del grupo de vaqueros, en dirección al camino. Dejándose llevar por la nostalgia, tomó una decisión: volvería a casa. Siguió andando. Iba pensando qué podía hacer para regresar junto a los suyos. De pronto, vio a lo lejos una gran nube de polvo y un ruido sordo llegó hasta sus oídos.

Pronto, tres carretas estuvieron junto a él. En la primera de ellas venía el viejo Dunn, vecino del pueblo de David Crockett.

—¡Caramba! ¿Qué haces tú aquí, muchacho? —preguntó Mathias Dunn deteniendo su carreta.

—Voy hasta Virginia, conduciendo ganado. Pero quiero volver a casa —contestó David.

—¿Te tratan mal, hijo?

—No, señor. Pero deseo volver con mis padres.

—¿No será mejor que sigas y regreses con todos?

—No. Quiero volver cuanto antes con los míos.

—Está bien, chico. Nosotros pasaremos la noche en la posada que está en este mismo camino, un poco más allá. Saldremos al amanecer. Recoge tus cosas. Si estás en la posada a esa hora, puedes venir con nosotros.

—Gracias, señor Dunn. Allí estaré.

El chico volvió al campamento. Recogió sus pertenencias y las dejó escondidas entre unos matorrales. Después cenó con los otros vaqueros, se acostó y, cuando todos dormían, huyó de allí.

David llegó hasta la posada sin dificultad y, al amanecer, emprendieron la marcha.

—¿Cuánto tardaremos en llegar? —preguntó el muchacho.

—En un par de semanas estarás en la taberna de tu padre, hijo.

—¿Tanto? —preguntó extrañado David.

—Si estás tan impaciente, puedes ir a pie. Estas carretas son lentas —dijo John Cole, uno de los compañeros del señor Dunn.

—Así lo haré —dijo el chico bajando de la carreta.

Y, sin escuchar los consejos del viejo Dunn, David se despidió de todos y comenzó a caminar.

El joven, ya solo por el camino, disfrutó de la libertad. Volvía a su casa y, en medio de aquella grandiosa naturaleza, se sintió inmensamente feliz.

En su casa lo recibieron con los brazos abiertos. Su padre vio que era un chico emprendedor y decidió mandarlo a la escuela. David acababa de cumplir trece años y era un chico alto y fuerte.

A los pocos días de estar en la escuela, se enzarzó en una dura pelea con un muchacho mayor que él. David salió victorioso y dejó a su contrincante lleno de arañazos y con la cara morada por los puñetazos que le había propinado.

Preocupado por las consecuencias que indudablemente le traería aquello, decidió no volver a la escuela. Pero todos los días salía de su casa como si allí fuera.

Las ausencias del muchacho llegaron a oídos de su padre. Éste amenazó con castigarlo si no volvía a sus obligaciones.

—¡Pero padre! —se defendía David—, ¡el maestro me castigará!

—Y si no vuelves a la escuela mañana mismo, te daré tantos latigazos que te arrepentirás de no haber sufrido el castigo del maestro. ¡Elige! —replicó el padre.

David se vio obligado a elegir. Pero no entre lo que su padre le proponía. Decidió escaparse de su casa para no recibir ninguno de los dos castigos.

El muchacho se dirigió al rancho del señor Jess, propietario de muchas cabezas de ganado. Allí pidió trabajo.

—Sí, muchacho. Necesito ayuda. Uno de tus hermanos trabaja aquí ya. Nos ayudarás a conducir las reses.

David se lanzaría de nuevo a la aventura. Tendría que alejarse por un tiempo de su tierra e ir hacia lo desconocido. Y así lo hizo.

Cuando acabó aquel trabajo, el hermano de David se dispuso a volver a la casa familiar.

—Nuestro padre se pondrá muy contento de volver a verte.

—¿Tú crees? —preguntó dubitativo David.

Pero el temor a su padre le hizo tomar la decisión de no volver. Su hermano no insistió más y se marchó sin él.

De todas formas, no era sólo el miedo a su padre lo que apartaba a David del hogar. Había en él un deseo de aventuras, de conocer mundo, que lo empujaba a errar de aquí para allá.

Siguió caminando sin rumbo durante varios días. El contacto directo con la naturaleza le hacía sentirse bien. Montañas, valles, bosques y ríos parecían renovar constantemente las fuerzas de aquel joven nómada.

Una tarde dirigió sus pasos hasta una granja situada en la falda de una colina. ''Tal vez consiga trabajar allí a cambio de cama y comida'', pensaba el muchacho. Y se acercó a la casa.

—Buenas tardes —dijo David a un hombre que estaba partiendo leña en un porche—. ¿Podría darme trabajo?

—Pareces fuerte, chico...

—Y lo soy, señor. Puede ponerme a prueba. Mi nombre es David Crockett.

—De acuerdo, muchacho. Te daré cama, comida y veinticinco centavos diarios. ¿Te conviene?

—Desde luego, señor...

—Gray. Pero ya va siendo hora de cenar. Tendrás hambre, ¿no?

—Lo ha adivinado, señor Gray.

Y los dos entraron riendo en la casa. La comida hizo revivir al joven, que se sentía como en familia.

Pero David no podía estar mucho tiempo en ningún sitio. Por eso, un día aprovechó el paso de una carreta que iba hasta Baltimore, y dio por terminada su estancia en la granja.

El señor Adams, el dueño de la carreta, se dedicaba a recoger y transportar mercancía de unos lugares a otros.

—Tome, señor Adams —dijo David nada más subir a la carreta—, guárdeme este dinero. En su bolsillo estará más seguro.

—Desde luego, muchacho. Desde luego.

Cuando llegaron a Baltimore, el señor Adams se ocupó de sus asuntos y David dispuso de tiempo libre. El muchacho se fue al puerto. Hasta ese momento no había visto nunca un espectáculo tan maravilloso.

Baltimore tenía un puerto comercial muy importante. El ajetreo de la carga y descarga, el tumulto y los numerosos barcos allí anclados tenían fascinado al joven de tierra adentro, que observaba aquello con el mayor interés.

—¿Qué? ¿Te gustan los barcos? —le dijo un viejo lobo de mar.

—Mucho, señor. Mucho. Usted es marino, ¿verdad?

—Así es. Soy el patrón de este barco. ¿Te gustaría venir con nosotros? Vamos a Europa.

—¡Oh! ¡Ya lo creo, señor!

—Pues zarparemos en cuanto acaben de cargar. Si tienes algo que recoger o despedirte de alguien... No te entretengas mucho y vuelve rápido. Si no, te quedarás en tierra.

David echó a correr. Buscó al señor Adams por las tabernas de la ciudad y, cuando lo encontró, le dijo:

—Señor Adams, rápido, necesito mi dinero.

—Tranquilo, muchacho, ¿para qué lo quieres con tanta prisa?

—Señor, me voy a Europa... en barco... ahora mismo —dijo de forma entrecortada el muchacho.

—No, David. No te daré lo que me pides. Te lo devolveré en Tenessee. No te dejaré ir a Europa. Eres demasiado joven.

—¡Pues me iré de todos modos!

El señor Adams se puso en pie, fue hasta la puerta, se apoyó en ella y dijo con tono amenazador:

—Si intentas salir de aquí, te partiré la cabeza.

David conocía lo suficiente al carretero como para saber que era capaz de hacer lo que le decía. Así pues, optó por resignarse.

Desde ese momento, el señor Adams vigiló al muchacho día y noche. Éste tuvo que abandonar sus propósitos de fuga y aceptar volver a Tenessee en la carreta del señor Adams.

Cuando no estaban aún muy lejos de Baltimore, David aprovechó un descuido del carretero para escapar. Le daba igual perder su ropa y su dinero. Quería sentirse libre de nuevo.

DAVID CROCKETT NACIÓ EN TENESSEE. TUVO QUE TRABAJAR DESDE MUY JOVEN.

ME VAN A CASTIGAR. ME ESCAPARÉ DE CASA.

POR DECISIÓN DE SU PADRE, DAVID COMENZÓ A IR A LA ESCUELA. AL POCO TIEMPO SE PELEÓ CON UN CHICO.

DAVID REALIZÓ VARIOS TRABAJOS PARA PODER COMER: AYUDÓ A CONDUCIR GANADO, TRABAJÓ EN UNA GRANJA...

SEÑOR ADAMS, GUÁRDEME ESTE DINERO.

HASTA QUE UN DÍA SE FUE A BALTIMORE EN UNA CARRETA.

EN EL PUERTO DE BALTIMORE...

CHICO, ¿TE VIENES A EUROPA?

SÍ, SEÑOR.

VOY A BUSCAR MIS COSAS.

PERO EL SEÑOR ADAMS NO LE DEVOLVIÓ SU DINERO NI LE DEJÓ EMBARCARSE Y LE OBLIGÓ A VOLVER CON ÉL.

ME ESCAPARÉ.

# CAPÍTULO DOS

# LA VUELTA AL HOGAR

**D**avid, tras la fuga, decidió volver a Baltimore. Se sintió de nuevo solo ante el mundo. Era una sensación muy agradable para él. Además iba muy ilusionado. "No encontraré aquel barco. Pero quizá, consiga zarpar en otro", pensaba el muchacho.

De pronto vio llegar una carreta. Era otro carretero, conocido del señor Adams.

—¡Hola, señor Burton!

—¿Qué hay, hijo? ¿Ya no trabajas con Adams?

—Hemos discutido y lo he dejado.

Entonces, David contó al señor Burton todo lo ocurrido. Éste se enfureció con lo que había hecho Adams al joven.

—¡Es indigno! —gritaba Burton— ¡Eso no se hace! Sube a mi carreta. Te aseguro que, como lo alcance, te devolverá lo que te pertenece.

Por el camino, a David le vinieron recuerdos de su niñez.

Empezó a recordar a su familia y a sus amigos. Se acordó del indio que le había enseñado a orientarse, a imitar los sonidos de las aves y de otros animales, los secretos de la caza, el lanzamiento del *tomahawk*, hacha guerrera de muy difícil manejo... ¡Cuántos bonitos recuerdos!

—¡Ahí está ese sinvergüenza! —rugió de pronto Burton.

—¡Eh! ¿Cómo? ¿Quién? —balbució abstraído David.

—¿Quién va a ser? ¡Tu antiguo patrón! Ahora verá.

Adams saludó con amabilidad a Burton y le preguntó:

—¿Dónde has encontrado esa buena pieza?

—Aquí no hay más buena pieza que tú —respondió con malos modos Burton—. Ya puedes devolver al muchacho lo que es suyo.

—¿Eh? ¿Qué has dicho?

—Ya lo has oído. No me gusta repetir las cosas.

Adams comprendió que Burton no estaba bromeando y se apresuró a dar una explicación satisfactoria. Tuvo que confesar que el dinero de David lo había empleado en su negocio y que no podía devolvérselo en ese momento.

—¿No te da vergüenza? Eso es propio de ladrones —dijo Burton.

—¡Yo no soy ningún ladrón! —protestó Adams.

—Déjelo ya, Burton —intervino David.

—Te lo devolveré pronto, David.

—De acuerdo. Adiós, señor Burton. Gracias por todo.

—Un momento, hijo. No puedes irte sin dinero. Te queda mucho para llegar a tu casa. Toma esto.

—Gracias. Es usted muy amable, señor Burton.

—No hay de qué. Así guardarás buen recuerdo de los carreteros.

David se despidió de todos y retomó su camino. Pero no hacia Baltimore, sino hacia su casa. Añoraba a su madre y a sus hermanos, y dejó para mejor ocasión el viaje a Europa.

Durante días y días caminó siempre en dirección a su casa. Pero David sentía dos impulsos contradictorios. Uno le movía hacia el hogar, hacia los seres queridos. El otro, igual de fuerte, le hacía retrasarse admirando la belleza de bosques, ríos o montañas y disfrutando de la vida en soledad y libertad.

Un día, David llegó hasta la orilla de un río muy crecido a causa de las últimas lluvias. El caudal era enorme y las aguas bajaban tumultuosamente arrastrando troncos y arbustos. Intentar cruzar aquellas corrientes era correr un serio peligro.

Un grupo de hombres se encontraba en la puerta de la cabaña del barquero. David se acercó a ellos y preguntó:

—¿Cuándo se podrá cruzar el río?

—Yo no puedo adivinar cuándo se calmarán las aguas, jovencito. ¿Acaso tú puedes? —dijo el barquero en tono impertinente.

—No. No lo sé tampoco. Sólo sé que necesito cruzar este río hoy mismo —contestó David con gran tranquilidad.

El barquero se encogió de hombros. Dejó de prestar atención al muchacho y siguió su conversación con los otros hombres.

A David le daba igual esperar unos días o un mes incluso. Pero le molestó el desprecio con que lo había tratado el barquero.

—Si a usted le da miedo cruzar el río, a mí no —dijo el chico.

Todos volvieron la cabeza hacia el muchacho al oír aquellas palabras. El barquero lo miró con ojos burlones y dijo:

—Ahí tienes las canoas. Coge la que más te guste. Pero yo me desentiendo de lo que pueda ocurrirte.

—Gracias —dijo David secamente mientras se dirigía a la orilla.

Dos hombres fueron tras él e intentaron convencerlo de que aquello era una locura.

—La corriente te empujará con fuerza. No podrás dominarla.

—No insistan, señores. David Crockett no conoce imposibles.

Arrastró la canoa con decisión hasta el borde del agua. Cuando tenía un pie dentro de ella, se acercó el barquero corriendo.

—¡Ya está bien de bromas! Veo que eres muy valiente. Si intentas cruzar, acabarás en el fondo del río con los peces.

—Lo conseguiré —dijo David dando el último empujón a la canoa.

Desde que se vio en medio de las aguas, David sintió una gran emoción. Se enfrentaba por primera vez a la poderosa fuerza de la naturaleza. Aquello era lo más intenso que había sentido jamás.

El muchacho trató de dirigir la frágil embarcación con las palas, al estilo indio. Pero sus esfuerzos no conseguían llevarla hacia donde deseaba.

Centímetro a centímetro fue ganando el espacio que lo separaba de la orilla. Por fin, se acercó lo suficiente como para alcanzar tierra saltando con la agilidad y la precisión de un gamo. En aquella ocasión, David puso de verdad a prueba su resistencia.

Calado hasta los huesos, comenzó a andar. Era consciente

de que había corrido un riesgo inútil, impulsado únicamente por su orgullo. Pero le embargaba una enorme satisfacción. Había podido medirse con la naturaleza y había resultado victorioso.

Empezó a sentir frío. Recogió leña y prendió una buena hoguera. Junto al fuego, cayó rendido por el sueño.

A la mañana siguiente retomó el camino hacia su casa. Creía que podría llegar al anochecer y así fue. Antes de ponerse el sol entraba en la taberna de sus padres, muy concurrida a esa hora.

"¡Por fin estoy en casa", se dijo. Se sentó en una mesa y decidió no darse a conocer. Pronto se acercó una de sus hermanas.

—¿Desea comer algo? —le preguntó sin reconocerlo.

—Sí, cualquier cosa. Además, querría pasar aquí la noche...

—No tenemos ya ninguna habitación. Si quiere, se puede quedar en el pajar. Estará caliente. No le cobraremos nada.

—De acuerdo. Gracias —respondió David.

—Le traeré algo de comida —dijo la muchacha retirándose de allí.

David decidió seguir con la broma. Le agradaba estar entre los suyos y observarlos, sin que ellos lo reconocieran.

Otra de sus hermanas pasó junto a él. Nada. Pasó de largo. Pero, al volver, fijó sus ojos en el rostro de David.

—¡Eres tú, David! —exclamó echándose en los brazos de su hermano—. ¡Madre! ¡Padre!

Pronto, alertados por los gritos de la muchacha, acudieron sus padres y el resto de sus hermanos. La alegría inundaba sus corazones. Había vuelto a casa aquel chico, ya hecho un hombre, al que daban por perdido. Sin embargo, aquel hombre tenía solamente quince años recién cumplidos.

TRAS LA FUGA, DAVID DECIDIÓ VOLVER AL PUERTO DE BALTIMORE.

ENCONTRARÉ OTRO BARCO.

SUBE. ESE BRIBÓN TE DEVOLVERÁ LO QUE ES TUYO.

DE ACUERDO.

POR EL CAMINO SE ENCONTRÓ A OTRO CARRETERO CONOCIDO Y LE CONTÓ LO SUCEDIDO CON ADAMS.

CUANDO ALCANZARON A ADAMS...

SE LO DEVOLVERÉ EN CUANTO PUEDA.

ADIÓS, CHICO. TOMA ESTE DINERO.

GRACIAS.

DAVID DECIDIÓ VOLVER A SU CASA. AL LLEGAR JUNTO A UN RÍO DE AGUAS MUY CRECIDAS...

DÉJEME UNA CANOA. YO CRUZARÉ EL RÍO.

¡ES UNA LOCURA!

DAVID CONSIGUIÓ CRUZAR EL RÍO Y SE SINTIÓ MUY ORGULLOSO.

¡HE VENCIDO A LA NATURALEZA!

TRAS MESES DE ANDAR DE AQUÍ PARA ALLÁ, LLEGÓ A SU CASA. TENÍA SÓLO QUINCE AÑOS.

¡ES DAVID!

¡HIJO MÍO!

# CAPÍTULO TRES

# DAVID SE ENAMORA

**E**n el pueblo donde nació y junto a su familia, los años transcurrieron para David de forma apacible. Iba de caza a diario y, cuando se sentía solo, en libertad y en contacto con la naturaleza, le entraban de nuevo deseos de ir en busca de aventuras.

David había cumplido ya dieciocho años. Era un joven fuerte y su pasado despertaba aún admiración entre los que lo rodeaban. Se convirtió en poco tiempo en un experto cazador y su valor se hizo célebre en toda la comarca.

Un día, David asistió a una fiesta. Allí conoció a una muchacha y por primera vez se sintió atraído por una mujer. Pero el joven no sabía qué hacer en esas situaciones y no se atrevió a decirle nada. "No sé decir palabras bonitas. No he ido a la escuela. Se reirá de mí", pensaba, y fue incapaz de dirigirse a ella.

Esta experiencia hizo que David decidiera ir a la escuela. Aprendió a leer, a escribir y las operaciones aritméticas básicas, con el mismo empeño con el que había aprendido a seguir el rastro de los animales en el bosque, o a preparar trampas para cazarlos.

Tiempo después, David conoció a otra chica: Florinda Fury. Sus ojos verdes y su bello rostro le causaron una profunda impresión.

Esta vez, el muchacho se atrevió a pedir un baile a la joven y estuvieron bailando y riendo toda la tarde.

Durante algunos meses, David dedicó todas sus atenciones a Florinda. La visitaba casi todos los días y aquello no le hizo ninguna gracia a un hermano de la muchacha.

El joven Fury decidió una tarde esperar a David en la puerta. Cuando el joven enamorado apareció, el valentón lo increpó:

—Deja en paz a mi hermana. ¡No eres más que un vagabundo!

Al oír aquellas ofensivas palabras, David se lanzó contra el muchacho. Lo derribó a puñetazos y, si no hubiera sido por la familia Fury que acudió en pleno a auxiliarlo, aquel matón de tres al cuarto hubiera salido malparado.

Tras su primera aventura amorosa, que vivió como un verdadero desengaño, David siguió dedicándose a la caza. Con su gorro de piel y su rifle, salía todos los días al bosque en busca de alguna presa. Su instinto cazador se desarrolló de forma sorprendente.

Una mañana, durante un paseo, oyó un tremendo ruido. Se detuvo y siguió escuchando con atención para confirmar sus sospechas. En esos instantes, sólo logró oír los latidos de su propio corazón. Siguió caminando y salió de la espesura. Allí, en un claro, corría un riachuelo de aguas cristalinas. Se preparaba para cruzarlo cuando oyó de nuevo un ruido. "No cabe duda. Es un gruñido de oso", pensó. En ese momento apareció ante él un corpulento animal que, al verlo, se irguió sobre sus patas traseras y avanzó con gruñidos amenazadores hacia el lugar en el que se hallaba David. El oso no parecía tener miedo al hombre armado.

David se puso el rifle en la cara y disparó. El oso lanzó un rugido aterrador y se arrojó sobre el joven, que no tuvo tiempo de volver a disparar. Ya estaba entre sus zarpas cuando David sacó el cuchillo que llevaba en la cintura. A duras penas, pudo desenfundarlo y lo clavó con todas sus fuerzas en el cuerpo del animal. Una de sus zarpas produjo una profunda herida en un costado del joven, quien seguía asestándole cuchilladas sin parar.

El animal se derrumbó por fin. David, en el suelo, se sentía incapaz de ponerse en pie. Se dio cuenta de que las heridas eran más importantes de lo que había pensado en un principio.

Logró levantarse y avanzó apoyándose en los troncos de los árboles. Tambaleándose, salió del bosque. Divisó una casa y se dirigió hacia ella como pudo. Al llegar al cercado se desplomó y quedó sin sentido.

Cuando recobró el conocimiento, David se encontró en una cama. El dolor agudo del costado le hizo recordar con rapidez todo lo sucedido. Al poco rato, una encantadora joven apareció en la habitación. Con una voz dulce le preguntó:

—¿Cómo se encuentra?

—Bien —contestó David intentando sonreír.

—¿Qué le ocurrió? Mi padre dijo que sus heridas parecían hechas por un oso.

—Y no se equivocó su padre, señorita...

—Polly. Me llamo Polly Finley.

—Yo soy David Crockett. Encantado. Y gracias por recogerme.

Entonces, David contó a la joven su aventura con el oso. Ésta escuchó el relato con gran interés y admiración. Después dejó la habitación de nuevo en penumbra.

—Descanse, señor Crockett. Todavía tiene fiebre y debe dormir para recuperarse. Si necesita algo, avíseme.

—Por favor, llámeme David.

—De acuerdo, David. Pero deje de hablar ya.

David se quedó solo. Un estremecimiento recorrió su cuerpo. La fiebre empezó a subirle de nuevo y, en medio de un sueño agitado, pronunciaba el nombre de Polly constantemente.

A la mañana siguiente, David se despertó con un hambre feroz. La muchacha le ayudó a incorporarse y pudo comer. Los padres de Polly entraron a verlo y fueron con él muy cariñosos.

Poco a poco, el dolor iba cediendo y David fue mejorando. Se levantaba de la cama y daba paseos siempre en compañía de la joven, que fue para él el mejor remedio para sus males.

Ya plenamente restablecido, David tuvo que volver a la casa de sus padres. Pero no pasaba ni un día sin que fuera a visitar a Polly. No podía olvidar sus bellos ojos azules y su dulzura. No podía vivir sin ella. Y así se lo comunicó.

—Polly, quiero casarme contigo.

—Tendrás que hablar con mis padres —dijo con timidez la joven.

—Sí, lo haré. Pero necesito saber si tú me amas.

—Sí, David. Te quiero. Deseo ser tu esposa.

David comenzó a saltar y a dar gritos de alegría. Aquel jaleo atrajo a los padres de Polly.

—Señores, deseo pedir la mano de su hija. Es mi gran deseo y ella me acepta también.

—Está bien, hijo. Tranquilízate —dijo el padre de la chica.

La madre de Polly comenzó a llorar emocionada. ¡Su pequeña Polly iba a casarse y a formar una familia!

Se celebró la boda. Corría el año 1804. David Crockett tenía sólo dieciocho años.

La joven pareja era feliz y vivía sin grandes dificultades. David salía a cazar a diario y su destreza era ya inigualable. Polly hilaba y sus trabajos se vendían con facilidad. Sus hábiles manos daban tal acabado a las prendas, que éstas eran muy codiciadas en los alrededores.

Un día, cuando iba de caza, David encontró un osezno en el bosque. El animalito estaba solo. Sin duda, su madre había muerto y él vagaba en busca de comida, ajeno a todo peligro.

David lo llevó a su casa y el osito creció junto a los dos hijos que el matrimonio tenía ya por entonces. No se separaba de los niños y, cuando se convirtió en un oso adulto, siguió siendo tan dócil como un perrillo.

La vida, pues, transcurría apacible para la nueva familia Crockett.

# CAPÍTULO CUATRO

# DAVID, VOLUNTARIO

Un acontecimiento vino a alterar la vida de la familia Crockett y de otros muchos americanos de la época.

Se trataba de la alianza de varias tribus indias —semínolas, cherokees y creeks—, que dio lugar a un importante levantamiento de todos estos pueblos contra el gobierno estadounidense.

Agentes gubernamentales recorrieron el país invitando a los jóvenes a alistarse como voluntarios, para realizar una campaña contra los indios. El general Jackson estaba al frente de las tropas.

—Voy a alistarme como voluntario —dijo un día David a su esposa.

—No vayas, David. ¿Qué será de mí y de nuestros hijos?

—Polly, el deber me reclama. Tengo que cumplir con la patria. Si no se reduce a los indios, no podremos vivir tranquilos.

—¡Pero para eso está el ejército! Tú nada puedes hacer.

—Te equivocas, Polly. El ejército necesita hombres que sepan moverse por el bosque, que conozcan las artimañas de los indios. Un regimiento de soldados puede caer en la emboscada de una docena de pieles rojas.

Polly no insistió más. David se despidió de ella y de sus hijos y cogió su fusil. Montado en su caballo, se dirigió al lugar donde se estaban agrupando los voluntarios que formarían el cuerpo de guías.

El cuerpo de voluntarios reunió en sus filas a unos mil trescientos hombres, que pasaron a formar parte del grueso del ejército del general Jackson.

Mientras se preparaba la campaña, el general creyó conveniente realizar una exploración del territorio enemigo, y encargó la misión al comandante Gibson.

—Vaya con algunos voluntarios a territorio creek. Deberán cruzar el Mississipi y conocer los movimientos del enemigo.

—¡A la orden, mi general! —dijo el comandante Gibson a la vez que realizaba el saludo militar.

Gibson se reunió con el capitán Jones, jefe de los voluntarios.

—Necesito dos de sus mejores hombres, capitán, para que me guíen por territorio creek —pidió el comandante Gibson.

—¡David Crockett! —llamó a viva voz el capitán Jones.

David se presentó inmediatamente ante su capitán.

—¿Se atreve a guiar al comandante por territorio enemigo?

—Desde luego, mi capitán —respondió David con seguridad.

—Estupendo —dijo el capitán mirando hacia Gibson.

—Perdone, mi comandante, ¿vendrá con nosotros algún otro voluntario?

—Sí. Llevaré a dos de ustedes como guías. ¿Por qué me lo pregunta, señor Crockett?

—Si me lo permite, comandante, me gustaría que fuera mi amigo George Russell quien viniera con nosotros.

—Por mí no hay inconveniente —respondió el comandante.

Poco después, George Russell se presentaba ante Gibson. Cuando el comandante vio al joven, al que aún no le había crecido la barba, dijo muy serio:

—¡No quiero a ningún imberbe en una expedición tan arriesgada!

—Mi comandante, el valor no se mide en los pelos de la barba. Le aseguro que, aunque George no se afeite, es tan valiente como cualquier veterano —dijo David, molesto por las palabras de Gibson.

Al comandante, acostumbrado a la disciplina militar, le chocaron las palabras de aquel guía.

—Tiene usted mal genio, Crockett —respondió el comandante.

—Es posible. Pero le aseguro que no se arrepentirá de llevarme con usted cuando me vea moverme por el bosque.

—De acuerdo. Saldremos mañana al amanecer.

Los expedicionarios llegaron a territorio indio. Allí se dividieron para hacer un amplio reconocimiento del lugar. El comandante se fue acompañado por un cherokee amigo. Crockett, Russell y un par de soldados se dirigieron a un poblado creek, tribu de la que no tenían noticias de que se hubiera levantado en armas.

Al llegar, vieron que el campamento estaba abandonado y era evidente que la fuga había sido precipitada.

—No me gusta nada esto —dijo David—. Lo mejor será volver con el comandante e ir inmediatamente a comunicárselo al general.

Cuando regresaban, encontraron a un grupo de indios. David pudo comunicarse con uno de ellos.

El piel roja contó a David que venían huyendo de los creeks. Éstos castigaban con la muerte a todos los guerreros que no se unieran a ellos.

—¿Quién los manda? —preguntó David.

—Ojo Negro —contestó el indio.

Aquella respuesta fue suficiente. David sabía que si Ojo Negro encabezaba la revuelta, todos los creeks participarían en ella.

David, Russell y los soldados partieron a todo galope para dar noticia de su descubrimiento a los mandos militares.

No encontraron al comandante Gibson donde habían quedado citados. Ante la gravedad de los hechos, David decidió unirse al coronel Coffee, a la cabeza de las tropas del general Jackson.

Al día siguiente, llegó el comandante Gibson. Las noticias de éste coincidían con las de David: la revuelta de las tribus indias iba a ser importante.

Durante una semana realizaron tareas de reconocimiento por los alrededores. David y Russell descubrieron en el bosque huellas que indicaban que un numeroso grupo de creeks había pasado por allí no hacía mucho tiempo.

Siguieron avanzando y observaron el relevo de dos centinelas creeks. Dejaron que se alejara el primero. Después,

David tomó el *tomahawk* y lo lanzó contra el centinela. El cuerpo cayó al suelo.

—Este guerrero es de la tribu de Ciervo Joven —dijo David.

—¡Pero si el general cree que es su aliado! —exclamó Russell.

—Ya ves lo equivocado que está. Ahora no perdamos más tiempo. Yo me quedo aquí vigilando. Tú ve a avisar al general de que el campamento está cerca de aquí.

Poco después, exploradores y guías penetraban en el bosque y avanzaban cautelosamente para intentar sorprender a cualquier centinela creek.

Cuando los indios vieron a los primeros soldados, pensaron que se trataba tan sólo de una avanzadilla y se lanzaron sobre ellos con sus hachas de guerra. La descarga de los rifles no se hizo esperar. Ciervo Joven se dio cuenta de la magnitud del desastre e intentó atacar por el flanco que le pareció más desprotegido. Poco después tuvo que replegarse con un puñado de hombres a su campamento. Allí llevó a cabo una resistencia desesperada.

El general Jackson pidió a Ciervo Joven la rendición. Cuando el general le dio el ultimátum, el valeroso guerrero gritó:

—¡Antes la muerte que la deshonra!

Y al frente de sus guerreros, corrió hacia las filas enemigas agitando su *tomahawk*. Una cerrada descarga acabó a la vez con él y con sus hombres.

Acabado el combate, se recogió a los heridos, se reunió a los prisioneros y se dirigieron a Fort Strother, fuerte que servía de base en aquellas operaciones.

El general Jackson felicitó a todos los soldados y guías por el valor demostrado.

UN ACONTECIMIENTO ALTERÓ LA VIDA DE LA FAMILIA CROCKETT: EL LEVANTAMIENTO DE VARIAS TRIBUS INDIAS.

VOY A ALISTARME COMO VOLUNTARIO, POLLY.

A PESAR DE LAS LÁGRIMAS DE SU ESPOSA, DAVID SE UNIÓ A LAS FILAS DEL GENERAL JACKSON.

CROCKETT ACOMPAÑARÁ AL COMANDANTE POR TERRITORIO ENEMIGO.

A SUS ÓRDENES, MI GENERAL.

DAVID SUPO QUE EL LEVANTAMIENTO INDIO ERA MÁS IMPORTANTE DE LO QUE CREÍAN.

LOS CREEKS TAMBIÉN SE HAN UNIDO, SEÑOR.

DAVID Y SU AMIGO GEORGE DESCUBRIERON EL CAMPAMENTO ENEMIGO. EL EJÉRCITO CAYÓ SOBRE ÉL.

¡ANTES LA MUERTE QUE LA DESHONRA!

EL GENERAL JACKSON FELICI-TÓ A SOLDADOS Y VOLUNTARIOS.

GRACIAS, SEÑOR.

BRAVO, CROCKETT.

# CAPÍTULO CINCO

# ¿VOLUNTARIOS O DESERTORES?

**D**espués de algunas pequeñas luchas sin importancia con los indios, llegó un período de calma. Lo único que enturbiaba la tranquilidad era que los pieles rojas asaltaban los trenes de abastecimiento. Las tropas empezaron a carecer del mínimo necesario. Escaseaba la comida.

Una representación de voluntarios fue a hablar con el general Jackson para exponerle la precaria situación en la que se hallaban.

—Mi general —dijo David Crockett—, nuestras ropas son ya verdaderos harapos y nuestros caballos pasan hambre, están muy débiles y no podrán tomar parte en ninguna acción de guerra.

—Bien, ¿y qué puedo hacer yo? Ustedes saben perfectamente cómo están las cosas. No nos llegan las provisiones.

—Señor, queríamos pedirle que nos diera permiso para volver a casa. Nos equiparemos y estaremos de vuelta en primavera.

—¡De ninguna manera! ¿Me están pidiendo una autorización para desertar? ¿Es eso lo que me piden? —dijo enfurecido el general.

—Nosotros no desertamos. Vinimos como voluntarios. Pero sólo nos alistamos por sesenta días. ¡Ya ha transcurrido el doble!

—¡El ejército los necesita! ¡No puedo permitir que se vayan! Es mi última palabra.

Los voluntarios se reunieron y comentaron la firme negativa del general. Todos querían irse. Pero temían ser denunciados como desertores.

—No creo que el general vaya tan lejos —intervino David—. Él sabe que nuestro compromiso acabó hace dos meses. Quiera o no, yo me iré a casa. Cuando nos necesite, yo volveré a ponerme a su servicio. ¿Hay alguien que me siga?

Todos estuvieron dispuestos a seguir a David Crockett.

La noticia de que los voluntarios se iban corrió como la pólvora por todo el fuerte. El comandante Gibson se ofreció para impedirlo.

—Déjeme a mí, mi general. Conseguiré que esos cabezotas den marcha atrás en sus pretensiones.

El comandante puso a sus soldados en el puente del fuerte, por el que obligatoriamente tenían que pasar los voluntarios. Desplazó hasta allí un cañón y dio la siguiente orden:

—Nadie puede cruzar este puente. Bajo ningún pretexto.

Los voluntarios prepararon sus cosas, montaron en sus caballos y se dirigieron al puente. Cuando David vio a los soldados, se volvió a sus compañeros y les dijo:

—Si intentan disparar, les haremos una demostración de cómo se pelea, ¿de acuerdo?

Los hombres asintieron. David iba el primero y los cascos de su caballo comenzaron a resonar en la madera del puente.

—¡Eh, David Crockett! No cometa locuras. Regrese al fuerte inmediatamente —gritó el comandante Gibson.

David no hizo ni caso y continuó avanzando.

—Si no obedecen, dispararé contra ustedes —volvió a gritar el comandante.

—¡Hágalo, comandante, y le aseguro que no acabará de dar la orden! —dijo David apuntándolo con su pistola.

—Soy un militar. Cumplo órdenes.

—No seré yo quien se lo impida, comandante.

Y David siguió avanzando por el puente, sin dejar de apuntar al comandante. Los soldados esperaban la orden de su superior. Gibson comenzó a levantar lentamente el sable.

—Cuidado, comandante —dijo David en un tono bajo de voz —. Si baja ese sable, es hombre muerto.

Gibson se quedó de piedra. Miraba fijamente a ese hombre con su gorro de cola de castor y no se atrevía a moverse. Cada vez lo tenía más cerca. Ahora tenía la pistola del voluntario apoyada en su pecho.

—Mis compañeros y yo vamos a pasar. Preferimos hacerlo sin problemas. Pero si usted se empeña, lo haremos por encima de su cadáver y los de sus soldados.

Tras unos segundos de tensión, el comandante, por fin, se atrevió a dar la order:

—Apartaos. Los voluntarios van a salir.

David esperó cerca del comandante a que sus compañeros cruzaran el puente.

El comandante Gibson fue a comunicar su fracaso al general Jackson. Éste sonrió y dijo:

—David Crockett y sus amigos son los hombres más curiosos que he visto en mi vida. Se presentan voluntariamente para luchar y se retiran voluntariamente a sus casas, aunque intente impedírselo un regimiento de soldados.

Tras recorrer un largo camino, David llegó a su casa. Su mujer y sus hijos lo recibieron con los brazos abiertos. Disfrutó de la paz y las comodidades del hogar. Salió de caza, su gran pasión, además de ser su medio de subsistencia, y volvió a dar largos paseos para gozar de la soledad y de la naturaleza.

Mientras tanto, el general Jackson seguía con sus tropas en Fort Strother. Le llegaban rumores, de vez en cuando, de que los creeks preparaban algún tipo de acción. Pero las noticias eran contradictorias y el general prefirió mantenerse a la espera. Había que estar atento a los primeros movimientos de los pieles rojas para así poder actuar.

Ojo Negro, un famoso jefe creek, decidió asestar un duro golpe a los hombres blancos. Su plan consistía en atacar Fort Mimms. Este fuerte se hallaba en mitad de una llanura rodeada de bosques y montañas. Junto al fuerte había crecido un poblado en el que vivían granjeros y colonos, que se sentían seguros con las tropas allí destacadas.

Un día llegó a Fort Mimms un pastor que aseguró haber visto a un numeroso grupo de creeks en dirección al fuerte. El comandante dio la orden de realizar un reconocimiento por los alrededores, y recomendó a granjeros y colonos que vinieran sin tardanza a refugiarse en el fuerte con sus familias. Podía haber peligro.

Las medidas de vigilancia se extremaron en Fort Mimms. Y el fuerte quedó convertido en un verdadero hormiguero. Hasta el más pequeño rincón estaba ocupado por alguna familia. La llanura, en cambio, había quedado completamente desierta.

Regresaron al fuerte las patrullas de reconocimiento. No habían visto nada que pudiera suponer un peligro. Sólo huellas del paso de muchos indios por las montañas, bastante alejadas del fuerte.

Aunque las noticias no fueron alarmantes, el estado de alerta siguió en Fort Mimms. Pero los indios no dieron señales de vida.

Los colonos y los granjeros dejaron de sentirse en peligro y empezaron a preocuparse por sus cosechas y sus animales. Decidieron que las mujeres y los niños permanecieran en el fuerte. Mientras, los hombres y los muchachos volverían a sus quehaceres. Así fueron a comunicárselo al comandante.

—No me parece prudente, señores. Están arriesgando sus vidas.

—Señor, a la menor sospecha volveremos aquí para refugiarnos.

—Si eso es lo que desean, yo no impediré que lo hagan. Ahora bien, les advierto que cuando suene la alarma, sólo permanecerá abierta la puerta durante una hora. En ese tiempo tendrán que entrar. Si no es así, no nos haremos responsables.

Los hombres se mostraron de acuerdo y salieron del fuerte dispuestos a reanudar sus trabajos.

EN EL FUERTE REINABA LA CALMA. LOS INDIOS PARECÍAN TRANQUILOS. SE DEDICABAN A ASALTAR LOS TRENES DE ABASTECIMIENTO.

LOS VOLUNTARIOS DECIDIERON PEDIR PERMISO AL GENERAL JACKSON PARA VOLVER A SUS CASAS.

¡DE NINGUNA MANERA!

DAVID CROCKETT DECIDIÓ MARCHARSE. LOS DEMÁS VOLUNTARIOS LO SIGUIERON.

NO COMETA LOCURAS, CROCKETT. ORDENARÉ QUE DISPAREN.

SERÁ LO ÚLTIMO QUE HAGA, COMANDANTE.

¡OH, QUÉ MARAVILLA!

LOS VOLUNTARIOS SALIERON DEL FUERTE. DAVID VOLVIÓ A DISFRUTAR DE SU HOGAR Y DE SU FAMILIA.

SEÑOR, HE VISTO A MUCHOS INDIOS.

EL GENERAL JACKSON Y SUS HOMBRES SEGUÍAN TRANQUILOS EN EL FUERTE. PERO EN FORT MIMMS...

LOS GRANJEROS Y COLONOS SE REFUGIA-RON EN EL FUERTE. LA VIGILANCIA ERA EXTREMA, PERO LOS INDIOS NO DIERON SEÑALES DE VIDA.

SEÑOR, TENEMOS QUE VOLVER A NUESTRO TRABAJO.

NO ME PARECE PRUDENTE. PERO...

# CAPÍTULO SEIS

# LOS CREEKS EN ACCIÓN

olonos y granjeros se dedicaron con ahínco a recuperar el tiempo perdido. Pero su salida no había pasado inadvertida para los indios que, bien ocultos, habían mantenido una continua vigilancia sobre Fort Mimms.

Los creeks se habían dado cuenta de que el pastor los había descubierto y que entraba en el fuerte a avisar del peligro. Observaron cómo la llanura quedaba desierta. Colonos y granjeros buscaban protección y seguían los pasos de la patrulla de exploración por los alrededores. Todo ello les hizo retrasar el plan de ataque. El asalto a Fort Mimms debería efectuarse por sorpresa.

Los guerreros creeks, aunque valientes y audaces, valoraban la sabiduría y la astucia como virtudes superiores. Por eso prefirieron esperar a que los blancos se calmaran y se confiaran de nuevo.

Una vez que todo parecía volver a la normalidad, Ojo Negro se reunió con los otros jefes y comenzó a explicarles cómo atacarían Fort Mimms. Con ello pretendía dar un escarmiento a los blancos por haberles usurpado sus territorios.

Zorro Negro, Oso Amarillo, Ojo de Águila y Pluma Larga escucharon con atención el plan ideado por Ojo Negro.

—Se trata de organizar cinco grupos. Cada uno de ellos tendrá una misión. El primer grupo se dedicará a matar a los blancos que estén fuera del fuerte. El segundo grupo llevará tablones de madera para tapar las aberturas de las paredes del fuerte, por las que disparan los soldados. El tercer grupo debe abrir un gran agujero por el que puedan penetrar nuestros guerreros. El cuarto grupo se dedicará a proteger la acción de los grupos segundo y tercero. El quinto grupo será quien se introduzca en el fuerte para combatir a los blancos desde dentro.

La asamblea de jefes se disolvió y cada uno de ellos fue a explicar a sus hombres el papel que les tocaría desempeñar en el ataque del día siguiente.

En Fort Mimms, la vigilancia se había ido relajando poco a poco. La tranquilidad era absoluta y cada uno había vuelto a sus tareas cotidianas.

De repente, un tremendo alarido de cientos de indios inundó la llanura hasta llegar a las montañas, donde el eco lo propagó por todas partes. Los silbidos de las flechas, los ruidos de los disparos y los gritos de terror estremecieron el aire.

Los centinelas cayeron, atravesados por flechas mortales, sin tener tiempo de reaccionar. Los vigilantes de la entrada, por instinto de autodefensa, cerraron la puerta. Los colonos y granjeros que habían conseguido llegar hasta ella la golpeaban inútilmente con sus puños, pero caían alcanzados por alguna flecha india.

Los creeks habían logrado introducirse en el fuerte y, en el interior, los soldados se vieron incapaces de contenerlos.

El plan de Ojo Negro había sido un verdadero éxito. El jefe indio entró en el fuerte como si fuera terreno conquistado. Su satisfacción no tenía límites.

Un muchacho estuvo haciéndose el muerto sobre los cadáveres y, aprovechando el momento en el que los indios celebraban su rotunda victoria, echó a correr y alcanzó la llanura. Pero Oso Amarillo salió tras él. El joven se dio la vuelta y disparó al guerrero, que cayó desplomado. Después, se apoderó de su caballo y penetró en el bosque.

Tres creeks perseguían aún al fugitivo. Bob Springs, que así se llamaba, consiguió agarrarse a la rama de un árbol y dejó que el caballo continuara galopando. Sus perseguidores pasaron de largo y él echó a correr hacia el río.

Pero los indios descubrieron pronto la artimaña del chico. Enfurecidos, volvieron sobre sus pasos, siguieron las huellas y llegaron hasta el río.

Bob se lanzó al agua. Prefería morir ahogado antes que caer en manos de los creeks. Agarrado a un tronco, se dejó arrastrar por la corriente y quedó fuera del alcance de sus tenaces perseguidores.

Aquel joven fue el único superviviente de la matanza de Fort Mimms. Fue quien contó al general Jackson cómo había sucedido.

La noticia de lo ocurrido en el fuerte se extendió por

todo el país, y de nuevo los voluntarios acudieron en masa para alistarse en el ejército. El general Jackson sería el encargado de dirigir la operación contra Ojo Negro.

Como el número de voluntarios no era suficiente, a pesar de que continuamente se iban incorporando más jóvenes, el general ordenó que se realizara un reclutamiento forzoso.

David Crockett volvió a alistarse como voluntario. Esta vez tampoco sirvieron de nada las súplicas de su mujer. David tenía la decisión tomada y nada le haría cambiar.

Estaba en plena discusión con Polly cuando alguien llamó a la puerta.

—¡Adelante! —gritó David.

Un hombre y su hijo entraron y saludaron con cortesía al matrimonio. Eran Jonathan Preston y su hijo Ezequiel.

—¿Qué tal, señor Preston? Dígame qué desea.

—Verá, señor Crockett, yo creo que no sólo necesita soldados una nación, sino también campesinos que trabajen las tierras...

—Bien... ¿y qué? —interrumpió David.

—He sabido que usted se ha alistado de nuevo como voluntario en las tropas del general Jackson.

—Así es, señor Preston. ¿Pero le importaría decirme lo que tenga que decirme sin dar tantos rodeos?

—Verá usted... Es que el general, sin tener en cuenta las necesidades del campo, ha ordenado un reclutamiento forzoso y mi hijo debe incorporarse a filas...

—¡Bravo, muchacho! —interrumpió David acercándose al joven y dándole un abrazo— Quiere que se venga conmigo, ¿no es así?

—No es eso exactamente... Pensamos que él es más

necesario en el campo... Ya que usted va a unirse al ejército... quizá no le importaría cubrir el puesto de mi hijo Ezequiel...

—¡Basta, señor Preston! No siga hablando.

—Le compensaríamos económicamente. Para su familia sería una gran ayuda...

David dio un gran puñetazo en la mesa. El señor Preston y su hijo se miraron asustados.

—¡Se han equivocado en sus suposiciones! Yo no acepto dinero para luchar en el puesto de otro hombre. Los que vamos a luchar contra los indios lo hacemos porque creemos que es nuestra obligación y porque así protegemos a nuestras familias. Sabemos que el trabajo en el campo es necesario. Pero serán nuestras mujeres y nuestros hijos los que trabajen mientras nosotros estamos fuera. Usted, señor Preston, tiene otros hijos. Ellos y usted tendrán que trabajar un poco más para que no se note la ausencia de Ezequiel. ¡Todos debemos hacer sacrificios!

—Entonces, señor Crockett...

—Entonces, señor Preston, me ocuparé de su hijo. Cuidaré de él.

Mañana al amanecer pasaré a buscarlo. Lo llevaré a rastras si es necesario.

El señor Preston y su hijo salieron de la casa como perseguidos por un animal salvaje. David se quedaba rezongando.

—¡Ofrecerme dinero a mí! ¡Por combatir en el puesto de otro! ¡El colmo! ¡Es el colmo!

LA MATANZA FUE TERRIBLE. SÓLO UN SUPERVIVIENTE PUDO CONTAR LO QUE ALLÍ OCURRIÓ.

GENERAL, ESTÁBAMOS TAN TRANQUILOS CUANDO...

PERO, CUANDO EN FORT MIMMS ESTABAN YA DESPREVENIDOS, LOS CREEKS ATACARON EL FUERTE...

DE NUEVO SE PIDIERON VOLUNTARIOS...

POLLY, ME HE ALISTADOOTRA VEZ. LA PATRIA ME NECESITA

DE NADA SIRVIERON LAS SÚPLICAS DE POLLY.

¡ADELANTE!

UN HOMBRE Y SU HIJO ENTRARON EN LA CASA DE DAVID Y...

¿QUE LUCHE YO EN EL PUESTO DE OTRO HOMBRE?

¡SE HAN EQUIVOCADO EN SUS SUPOSICIONES!

SEÑOR, LE PAGARÍAMOS BIEN...

# CAPÍTULO SIETE

# DISPUESTO PARA LA GUERRA

A la mañana siguiente, los voluntarios de Tenessee, con David Crockett y su inseparable George Russell a la cabeza, se pusieron en marcha hacia Fort Montgomery. Allí fueron conducidos ante el coronel James Blue.

—Caballeros. Somos ya viejos conocidos —saludó el coronel a David y a Russell.

—Efectivamente, mi coronel. Usted estaba cerca cuando el comandante Gibson quiso impedir que nos fuéramos.

—¡Pero se salieron con la suya! El pobre Gibson pasó un mal trago cuando se presentó ante el general.

—¿Podría saludar al general Jackson, señor? —preguntó David.

—Lo siento. El general ha salido ya en busca de Ojo Negro.

David y Russel se miraron sorprendidos. No entendían nada.

—¿Qué haremos nosotros, mi coronel?

—Como supongo que no querrán quedarse aquí, he pensado que se unirán al comandante Trimble en los dos batallones de refuerzo que enviamos para cubrir nuestros fuertes.

—Puede contar con nosotros, mi coronel —dijo David.

A continuación, el coronel se despidió de los voluntarios.

—Capitán —ordenó el coronel—, ocúpese del alojamiento de todos los voluntarios. Los señores Crockett y Russell se instalarán en el pabellón de oficiales.

David y Russell durmieron como niños durante toda la noche. Al amanecer salieron en busca del comandante Trimble. Iban en compañía de otro voluntario, un viejo cazador llamado John, y del mayor Norton.

Hicieron un alto en el camino. Mientras Norton y Russell iban en busca de leña para encender una hoguera, el viejo John empezó a hablar con David.

—Creo que estás casado.

—Así es —respondió David.

—¿Tienes hijos?

—Sí, señor. Dos hijos y una hija.

—Y, en cambio, prefieres la compañía de un viejo cazador como yo, que estar en tu casa.

—He venido a servir a mi patria —dijo David muy convencido—. A luchar contra los indios.

—Sí. Ya sé. Pero... ¿no crees que te atrae más la naturaleza que tu propia familia?

—Creo que tiene razón, John —dijo David pensativo—. Estoy aquí porque hay algo muy fuerte que me empuja.

—Crockett, si consigues adaptarte a la naturaleza, serás tan grande como ella. Reconozco en ti la fuerza y la vitalidad que tuve yo en mi juventud. Te animo a seguir por el camino que has emprendido, sin que nadie te aleje de él.

Un rumor entre los matorrales interrumpió la plácida charla de los dos hombres. David cogió inmediatamente su fusil. Pronto abandonó su actitud hostil. El viejo John estaba saludando al comandante Trimble, que llegaba con sus hombres. Los voluntarios y el mayor Norton se unieron al batallón e iniciaron la marcha.

Tras el largo camino, montaron el campamento cerca de un bosque para pasar allí la noche.

David, Russell y el viejo John eran inseparables. Apartados unos metros del resto del grupo, mantenían una animada charla. Al cabo de un rato, el mayor Norton se acercó a ellos.

—¿Dónde está Crockett? —preguntó al no verlo allí.

—¡Cállese! —dijo el viejo John.

—¡Oiga, un poco de respeto a un oficial del ejército!

—¡Le he dicho que se calle! —insistió John de malos modos.

El mayor Norton empezó a oír unos terribles gruñidos detrás de unos matorrales.

—¡Un oso! —exclamó muerto de miedo.

—¡Cállese! David está en peligro. ¡Está cazando un oso, mayor!

—Dígale que no puede hacer eso. Que yo se lo prohíbo.

—Si tiene que decir algo a David, dígaselo usted —dijo Russell.

—¡Crockett, salga de ahí! ¡Se lo ordeno! —gritó Norton.

David apareció al instante con un cuchillo ensangrentado.

—Mayor, ¡qué voces daba usted! ¡Hasta el oso se asustó!

—¿Pretende hacerme creer que ha matado un oso con ese cuchillo?

—Yo no pretendo hacerle creer nada, mayor. Pero puede acercarse a esos matorrales y encontrará un oso muerto. No ha muerto a cañonazos precisamente.

En ese momento, John y Russell traían a rastras el oso. Estaban dispuestos a llevárselo al campamento.

—¡Por fin comeremos carne fresca! —decía encantado Russell.

—¿Lo mató sólo con el cuchillo? —preguntó Norton asombrado.

—Mayor, intenté que muriera de miedo con mis gruñidos. Pero usted se puso a gritar y no tuve más remedio que usar mi cuchillo para que no se escapara.

El mayor se alejó de allí malhumorado. Los tres hombres se echaron a reír y empezaron a arrastrar de las patas al tremendo animal hasta el campamento. La hazaña de David causó asombro y admiración entre soldados y oficiales.

Días después, el batallón del comandante Trimble se unía a las tropas del general Jackson. El general reunió a los guías y oficiales y les explicó el plan que seguirían para dar con Ojo Negro.

—Crockett, Russell y John irán a localizar el campamento de los creek. Además, se entrevistarán con Ojo Negro y le recomendarán que deponga su actitud belicosa contra nosotros. Si se niega, una vez que ya sepamos dónde están, caeremos sobre ellos. ¿Entendido? ¿Cuándo podrán salir?

—Inmediatamente, mi general —respondió Crockett.

—De acuerdo. Mucha suerte.

Los voluntarios se fueron a preparar sus cosas. El general, que había adivinado lo que estaban pensando sus oficiales, dijo:

—Seguro que muchos de ustedes desconfían de que tres hombres solos puedan hacer más que un ejército. Humildemente, me atrevo a decirles que se equivocan. Ellos conocen como nadie el terreno que pisan. Pueden estar meses y meses yendo de un lado a otro y no necesitan provisiones, les basta con su fusil.

Dicho esto, el general despidió a sus oficiales y se quedó solo. "La guerra contra los indios no es la que nos enseñan en la Academia. Crockett y sus amigos pueden hacerlo mejor que cualquier experto en táctica militar", pensaba Jackson.

Mientras tanto, David, Russell y John ya habían metido sus cosas en una canoa y, arrastrados por la corriente del río, avanzaban hacia territorio creek.

AL DÍA SIGUIENTE, LOS VOLUNTARIOS LLEGARON A FORT MONTGOMERY. ALLÍ...

SOMOS YA VIEJOS CONOCIDOS.

ASÍ ES. USTED ESTABA TAMBIÉN EN FORT STROTHER.

TRAS BROMEAR CON EL INCIDENTE DEL PUENTE, EL CORONEL LES PIDIÓ QUE SE UNIERAN A LAS TROPAS DE LA VANGUARDIA.

SALDRÁN MAÑANA. ESTA NOCHE SE ALOJARÁN EN EL PABELLÓN DE OFICIALES.

A LA MAÑANA SIGUIENTE...

Y EL GRUPO SE UNIÓ A LAS TROPAS DEL COMANDANTE TRIMBLE.

¡A LA ORDEN, MI COMANDANTE!

MIENTRAS HACÍAN UN ALTO EN EL CAMINO...

¿NO PRETENDERÁ QUE ME CREA QUE HA MATADO ESE OSO CON UN CUCHILLO?

LE ASEGURO QUENO HA SIDO A CAÑONAZOS.

CUANDO LLEGARON ANTE EL GENERAL JACKSON...

USTEDES TRES IRÁN A LOCALIZAR EL CAMPAMENTO DE OJO NEGRO.

# CAPÍTULO OCHO

# DAVID FRENTE A LOS JEFES CREEKS

a canoa se deslizaba con rapidez por el río. Las garzas, asustadas por la presencia de los hombres, levantaron el vuelo mientras emitían agudos chillidos.

—¡Malditos bichos! —exclamó el viejo John—. Por lejos que se encuentren, los creeks van a saber dónde estamos.

Al atardecer, los tres hombres bajaron a tierra. Ataron la canoa y prepararon el campamento para pasar la noche. Pronto estaban alrededor de una fogata preparándose la cena.

—¿No será peligroso haber encendido fuego? —preguntó Russell.

—No lo creo. Si lo fuera, John no lo hubiera permitido —dijo David.

—Tienes razón, David. Aún tardaremos dos días en entrar en terreno verdaderamente peligroso —dijo John satisfecho por las palabras de halago recibidas de David.

—¿Haremos guardia esta noche? —preguntó George.

—Naturalmente, muchacho. Tú harás la primera. David, la segunda y yo, la tercera.

Durante dos días, con el único descanso de las horas de la noche, los tres hombres siguieron avanzando por el río hasta llegar a una zona pantanosa, ya en pleno territorio creek.

Los tres amigos decidieron entonces separarse y seguir caminos distintos, hasta dar con el campamento de los creeks.

David inspeccionó primero unos cañaverales y después siguió avanzando por el agua para no dejar huellas. De pronto, oyó un ruido a su espalda. Empezó a dar tremendos golpes al animal con la culata de su fusil. A los pocos minutos vio que se le acercaban tres caimanes más. David no quería disparar para no alertar a los creeks. Pero no iba a tener más remedio que hacerlo. Disparó contra el caimán más cercano y, antes de que los demás se aproximaran, pudo alcanzar la orilla y se alejó de allí.

Se adentró en un bosque y rápidamente vio huellas de indios. Junto a ellas distinguió con claridad otras: ¡eran de las botas de George! "Lo han apresado", se dijo con pena David. Y volvió hasta el lugar en el que se había citado con John.

—Se han llevado a Russell —dijo David.

—Vi que llevaban a alguien. Oí tu disparo y pensé que eras tú el prisionero.

—Tuve que disparar a un caimán. Eso alertó a los creeks.

—Eso ya no tiene remedio. ¿Qué hacemos? —preguntó John.

—Tengo la obligación de salvar a mi amigo. Pero antes debemos cerciorarnos de que estamos cerca del campamento de Ojo Negro. Es lo que nos encargó el general.

—No hay duda de que ése es el campamento que buscamos.

—Bien. Entonces iré a entrevistarme con Ojo Negro, le pediré que suelte a George y que firme la paz con el general Jackson.

—¿Nada más? —preguntó con ironía el viejo John.

—Sí. Le diré también que lo mejor será saldar nuestras diferencias mediante un combate cuerpo a cuerpo —dijo David.

—¿Crees que puedes vencer a Ojo Negro, David?

—Desde luego que sí. Con cualquier arma, incluido el *tomahwk*.

Los dos amigos se adentraron en el bosque y siguieron las huellas de los creeks. Ocultándose de los centinelas, llegaron a un lugar desde el que divisaron el campamento de Ojo Negro. Luego prepararon el plan que llevarían a cabo.

—Me acercaré sin el fusil. Tú darás un rodeo y te irás a la espalda del campamento. Allí no buscarán. Cuando vean que he venido solo, confiarán en mí y podré iniciar el plan trazado. Russell y yo iremos a buscarte cuando salgamos de ahí.

Los dos hombres volvieron a separarse. Al amanecer, David salió del bosque y se encaminó hacia el poblado indio. Comenzó un enorme griterío y la tranquila aldea se llenó de agitación.

David avanzaba con serenidad y levantó su mano derecha en señal de paz. Pronto se vio rodeado por cientos de pieles rojas.

—Quiero hablar con vuestro jefe. Decidle que ha llegado el enviado del Gran Padre de los Blancos —dijo David con calma.

Poco después se presentó el famoso caudillo creek.

—Te saludo en nombre del Gran Padre de los Blancos, noble Ojo Negro —dijo David muy ceremonioso.

—¿Qué desea, rostro pálido?

—He venido en son de paz. Yo no engaño —dijo David.

—Podrás irte como has venido. Hasta el mediodía podrás escapar. Luego, mis guerreros te perseguirán.

—No huiré como un cobarde. Soy un guerrero y, si he de morir, lo haré luchando. Lucha por tu pueblo, Ojo Negro, y yo lo haré por el mío. Si vences, mi cabellera te pertenecerá. Si venzo yo, negociarás con los hombres blancos.

—Hoy mismo morirás, rostro pálido —dijo Ojo Negro.

—¿Puedo elegir un tipi para descansar? —preguntó David, que conocía las costumbres indias.

David eligió un tipi que estaba vigilado. En él esperaba encontrar a George. Entró con rapidez, cortó las cuerdas de las manos de su amigo y volvió a salir.

—Dentro de mi tipi he encontrado a un hombre de mi raza. Según las leyes de hospitalidad de tu pueblo, ese hombre es mi huésped.

—¡Ese hombre es mi prisionero! —gritó Zorro Negro.

—Hagamos una cosa —dijo Ojo Negro—. Hoy luchará por su vida. La del prisionero dependerá también del resultado del combate.

—Entonces, luchará conmigo primero —exclamó Zorro Negro.

—Has venido a desafiarnos. Nuestras leyes impiden luchar con el que no está bien de la cabeza. Puedes irte. No luchamos con locos —dijo con sorna Ojo Negro.

—¿Acaso tenéis miedo? Y en cuanto a mi locura, ¿pensáis que está loco un oso que ataque a mil hormigas?

—No —contestó Ojo Negro un poco nervioso.

—Para mí sois poco más que hormigas —dijo David sonriendo.

Los guerreros creeks estaban enfurecidos. Zorro Negro pasó dos *tomahwks* a David y comenzaron la lucha.

Zorro Negro y David demostraron una destreza extraordinarias con aquellas armas. Cada uno de ellos perdió una de las hachas y en igualdad de condiciones, siguieron luchando hasta que Zorro Negro perdió su segundo *tomahawk*. David, entonces, se deshizo también de su arma. El guerrero creek, en vez de iniciar una lucha cuerpo a cuerpo con su enemigo, intentó recuperar el *tomahwk*. David no tuvo más remedio que lanzar con toda su fuerza una de las hachas, lo que produjo la muerte instantánea al traidor creek.

Ojo Negro se preparó para luchar contra el rostro pálido. Lo harían también con dos *tomahwks* cada uno. No tardó David en herir al indio en un hombro. Esto le impedía manejar una de las armas. David, también en esta ocasión, tiró una de las suyas para estar igualado con su enemigo. Siguieron luchando con gran valentía. Por fin, David se alzó con la victoria.

—He vencido. Mi amigo y yo somos libres.

—Así es —dijo Pluma Larga—. Marchaos antes de que comience el funeral por el valiente Ojo Negro. Si no, correréis serios peligros.

—No tendréis que celebrar ningún funeral por Ojo Negro. No está muerto. Llevadlo a su tipi y pronto se recuperará.

La conducta de David con Ojo Negro hizo que éste escuchara las propuestas de paz del general Jackson. Poco después, el pacto quedaba firmado. La guerra contra los creeks se dio por terminada.

DAVID, GEORGE Y EL VIEJO CAZADOR JOHN SE DESLIZARON EN CANOA POR UN RÍO HASTA UNA ZONA PANTANOSA, YA EN TERRITORIO CREEK.

AQUÍ NOS ENCONTRAREMOS DE NUEVO.

CUANDO DAVID IBA ANDANDO POR EL RÍO...

CAIMANES. TENDRÉ QUE DISPARAR.

DESPUÉS, AL ENTRAR EN UN BOSQUE...

HAN COGIDO PRISIONERO A GEORGE.

IRÉ A HABLAR CON OJO NEGRO Y LIBERARÉ A JOHN.

DAVID Y JOHN LOCALIZARON EL CAMPAMENTO DE LOS CREEKS.

YA EN EL CAMPAMENTO...

LUCHA POR TU PUEBLO, OJO NEGRO.

HOY MISMO SE CELEBRARÁ EL COMBATE.

DAVID CONSIGUIÓ VENCER A DOS JEFES CREEK: ZORRO NEGRO Y OJO NEGRO. A ESTE ÚLTIMO LE PERDONÓ LA VIDA. LOS CREEKS FIRMARON EL TRATADO DE PAZ.

¡SOMOS LIBRES!

# CAPÍTULO NUEVE

# DAVID, CAZADOR Y JUEZ

**U**na vez terminada la guerra, David volvió a su casa. Recuperó sus costumbres, sobre todo la de la caza, que era su mayor afición.

La carne y las pieles de los animales que cazaba eran, además, el medio con el que David aseguraba las necesidades de su familia. Según se cuenta, en esta época, David llegó a cazar cuatro osos algunos días. Un otoño mató cincuenta y ocho osos y en la primavera de ese mismo año, en un solo mes, consiguió cazar cuarenta y siete.

Su fama se fue extendiendo por todo el país y se contaban sus hazañas de caza como se cuentan las de los héroes.

Sus propios hijos eran sus más grandes admiradores, y ante sus amigos presumían de tener como padre al mejor y más valiente cazador.

Llegó a ser célebre su gran puntería con el rifle y su tenacidad al perseguir las presas. Nunca, por muchas dificultades que hubiera, David dejaba de cobrar una presa, aunque ésta se ocultara en el paraje más recóndito e inaccesible.

Tiempo después de la vuelta de David de la guerra, su esposa Polly enfermó gravemente y murió. Este hecho le llenó de dolor. Pero también sabía que tenía que sacar a sus hijos adelante y esa necesidad le hizo remontar la tristeza y seguir luchando.

La preocupación por el cuidado y la educación de sus tres hijos llevaron a David a tomar la decisión de volverse a casar. Su segunda esposa fue una mujer dulce y trabajadora, cuyo esposo había muerto en la guerra, y tenía dos hijos de una edad aproximada a la de los de David.

Lisa Patton fue una verdadera madre para los hijos de David. De la misma forma, él fue un auténtico padre para los hijos de ella. La familia se vio ampliada con dos miembros más, los dos hijos que nacieron de la unión de David con Lisa.

Aunque la vida de David seguía tendiendo hacia la soledad del campo, un hecho le obligó a intervenir en los problemas de la pequeña comunidad en la que vivía.

Puede decirse que la vida del valiente cazador cambió cuando fue nombrado por sus vecinos juez de paz.

David Crockett era prácticamente analfabeto. Había aprendido a leer y a escribir, pero se había ejercitado poco en ello y lo hacía con dificultad. Consciente de sus limitaciones, empezó a estudiar y, fundamentalmente, se dedicó a conocer las leyes que se veía obligado a aplicar.

En todo momento, David demostró una gran capacidad para administrar justicia. Siempre actuó sin favoritismos de ningún tipo y su imparcialidad le valió el respeto de todos.

A su responsabilidad como juez de paz se unió poco después el cargo de coronel de milicias de Tenessee. Desde entonces, y en muchas osaciones, lo llamaban Coronel David Crockett.

El comportamiento de David como juez era bastante curioso, como correspondía a un hombre de carácter fuerte. En la mayoría de los casos intervenía junto al *sheriff* en el apresamiento del criminal, quien después comparecía ante él y sobre el que hacía recaer todo el peso de la ley.

Su enorme vitalidad y su intachable actuación como juez le hicieron ganarse la admiración y la confianza de sus vecinos. Por eso, en 1821, le obligaron a formar parte de la Asamblea Legislativa de Tenessee, de tal forma que tubo de compatibilizar con su nuevo cargo con el de juez de paz.

David echaba de menos su actividad como cazador y añoraba sus paseos por el bosque. Pero su patriotismo y su orgullo de ser americano le hicieron ir aceptando los cargos para los que era propuesto por sus conciudadanos.

Una mañana recibió en su despacho a una comisión de vecinos. Al frente de la comisión estaba el señor Chidle, que había sido juez de paz durante mucho tiempo.

—¡De ninguna manera! —se oyó gritar a David a través de la puerta a los pocos minutos de comenzar la reunión—. Me proponéis algo que está muy por encima de mis posibilidades.

—Coronel Crockett —intervino el señor Chidle—, usted debe estar dispuesto a servir a la nación. No olvide que es ciudadano americano.

—Señor Chidle, yo no sé nada de los asuntos que se debaten en el Congreso. Yo no puedo ser senador.

—¿Por qué? ¿Ha cometido usted algún acto deshonroso?

—No, señor. No es eso. Pero un senador ha de ser una persona con mayor instrucción que la que yo tengo.

—Coronel Crockett, en Tenessee pensamos que lo que sobran en Washington son senadores que hablan mucho y muy bien. Pero que no saben nada de los problemas que tienen los ciudadanos.

—Pero... ¿Cómo se les ha ocurrido pensar que yo los puedo representar ante el Congreso? —dijo David con desesperación, al ver que sus vecinos no daban marcha atrás en sus pretensiones.

—¿Quiere hacernos dudar de su patriotismo? —dijo el señor Chidle sabiendo que aquello haría reaccionar a David.

—¡Eso no! —replicó David indignado.

En ese momento llamaron a la puerta del despacho y entró el *sheriff*.

—Señor juez, necesito una orden de detención contra Burt Atkins. Acaba de robar una granja y ha herido a la señora Smith.

—El deber me reclama, caballeros —dijo David que veía el cielo abierto—. Tengo que dejarles.

—Dicte la orden de detención, señor juez —dijo Chidle, que entendió la artimaña de David—. Deje que el *sheriff* capture a ese pájaro.

—Ya sabe el sheriff que no me gusta escribir. Lo acompañaré para ayudarlo. Ese bribón puede intentar hacerle frente.

—Está bien, señor Crockett —dijo Chidle—. Pero no se librará de nosotros tan fácilmente. Usted irá por Tenessee al Congreso de los Estados Unidos.

—¿Por dónde anda ese Atkins?

—Me han dicho que está en el *saloon* .

—¡Vamos allá, entonces!

—Pero, señor, déme la orden de arresto —volvió a decir el *sheriff*.

—¡Qué pesado! Le voy a servir a ese hombre en bandeja y...

—Eso no está entre sus atribuciones como juez.

—Lo sé. Y cuento con usted para que se lo haga saber al señor Chidle y a los honrados ciudadanos que estaban con él.

El *sheriff*, que conocía las intenciones de Chidle, entendió entonces la táctica que quería llevar a cabo el señor Crockett.

Llegaron al *saloon* y entraron. El *sheriff* mostró al juez quién era Atkins. David se acercó a él.

—El *sheriff* te acusa de haber robado en una granja y de haber herido a la señora Smith. ¿Es eso cierto?

—No... Yo... no he hecho nada —tartamudeó Atkins.

—No seas cobarde. Di la verdad —dijo mientras zarandeaba a aquel hombre.

Atkins intentó demostrar que no era un cobarde. No podía tolerar aquel insulto. Pero antes de que pudiera sacar su arma, David le dio un empujón y lo derribó. Lo levantó y empezó a darle puñetazos hasta que Atkins cayó desvanecido.

Luego, mientras el *sheriff* se hacía cargo del ladrón, David dijo:

—*Sheriff*, añada estos otros cargos a los que usted le imputaba: resistencia a la autoridad, así como desacato y agresión al juez.

FIRMADA LA PAZ CON LOS CREEKS, DAVID VOLVIÓ A SU CASA. TIEMPO DESPUÉS, POLLY MURIÓ.

DAVID DECIDIÓ CASARSE DE NUEVO. SIGUIÓ CAZANDO. SUS VECINOS LO NOMBRARON JUEZ DE PAZ.

DAVID ESTUDIÓ MUCHO PARA CONOCER LAS LEYES QUE DEBÍA APLICAR.

AÑOS DESPUÉS, SUS CONCIUDADANOS LE PROPUSIERON PRESENTARSE COMO CANDIDATO AL CONGRESO.

¡DE NINGUNA MANERA!

USTED ES AMERICANO. DEBE SERVIR A SU NACIÓN.

EN ESE MOMENTO, EL SHERIFF ENTRÓ EN EL DESPACHO PARA PEDIRLE UNA ORDEN DE ARRESTO.

YO LE ACOMPAÑARÉ.

DAVID, A PUÑETAZOS, PRENDIÓ AL LADRÓN Y SE LO ENTREGÓ AL SHERIFF.

¡CONFÍO, SHERIFF, EN QUE DIGA A TODOS LO QUE HE HECHO!

# CAPÍTULO DIEZ

# EL SENADOR DAVID CROCKETT

avid estaba seguro de que su actuación con Atkins sería suficiente para que el señor Chidle y sus seguidores abandonaran aquella estúpida pretensión de presentarlo como candidato al Congreso.

Pero se equivocaba. Aquella acción tuvo el efecto contrario al que él pretendía conseguir y no hizo más que confirmar en su idea a aquellos vecinos. Creían firmemente que era el hombre perfecto para representarlos.

David no tuvo más remedio que aceptar presentarse como candidato. Durante meses se dedicó a prepararse para hablar en público, a inventar discursos, a intentar ganarse la atención del auditorio. Se entregó a ello en cuerpo y alma hasta conseguir hablar con coherencia durante horas. Su tenacidad y entusiasmo podían con todo.

Comenzó la campaña electoral. Los otros dos candidatos eran militares de carrera. David les permitía hablar y hablar y exponer sus programas durante los mítines.

En cambio, su estrategia electoral consistió en hacer lo contrario de lo que hacían sus opositores.

Él se daba cuenta de que las exposiciones largas para explicar los programas resultaban aburridas y fastidiosas para la gente. Por eso, decidió expresar sus ideas políticas en pocas palabras, ser muy breve al comunicar sus ideales, e introducirlos siempre dentro de un discurso general y ameno en el se trataran otros temas.

Hablaba a sus electores de las aventuras vividas como cazador, de lo que añoraba la paz de los bosques, de su sensación de libertad cuando se encontraba en contacto con la naturaleza. Al final, sus discursos acababan con estas palabras:

—Les puedo asegurar que, en el fondo, preferiría no salir elegido. Así no tendría que enfrentarme a las grandes responsabilidades que tiene un senador en el Congreso. Sin embargo, al presentarme ante ustedes como candidato, les garantizo que, si me eligen, estaré dispuesto a servirles como creo que debe hacerlo un senador.

La gente le aplaudía calurosamente y le demostraba su afecto. Lo sentían cercano a ellos o, más bien, sentían que era uno de ellos, muy distinto al resto de los candidatos.

Y no se equivocaban. David procedía de una familia humilde, había trabajado duramente toda su vida, había hecho frente a grandes dificultades, y conocía perfectamente los problemas que tenía la gente que vivía como él. Además, su forma de hablar, tan directa y campechana, le permitía conectar con las personas que iban a escucharlo.

Durante su campaña, Crockett tuvo grandes aciertos, actuaciones muy oportunas, e incluso divertidas, que hicieron de él un candidato muy popular.

En una ocasión, durante un acto electoral, los dos contrincantes de David le hicieron el más absoluto vacío. Discutieron entre ellos y actuaron como si David no estuviera allí.

En medio de la discusión de los candidatos, apareció un grupo de gallinas. Éstas empezaron a picotear, a revolotear, a cacarear y a cloquear entre los asistentes, ajenas a la importancia del acto que se estaba celebrando. Uno de los candidatos, inquieto por el jaleo que estaban formando las aves, y que no le permitía ni oír ni ser oído, dijo a algunos de los que lo acompañaban:

—¡Echen de aquí a esas gallinas! ¡No hay modo de entenderse!

Y las gallinas desaparecieron.

David esperó pacientemente a que sus compañeros acabaran sus interesantes discusiones. Estaba molesto por la falta de consideración hacia él. Parecía que ni siquiera se habían dado cuenta de que estaba allí. Cuando le llegó su turno, dijo con ironía:

—Ya veo, mi querido general, que mi presencia aquí le resulta tan inoportuna como a mi otro digno contrincante, el coronel. Vaya para ustedes el mayor de mis respetos. He observado que no represento el menor peligro en sus aspiraciones a ser elegidos senadores: no se han dignado a hablar de mí ni una sola vez. También he visto, con gran asombro, que usted, mi querido general, comprende perfectamente el lenguaje de las gallinas. Cuando mis pequeñas amigas, que son mis grandes seguidoras, llegaron hasta aquí y empezaron a gritar: ¡Crockett, Crockett!, usted las expulsó inmediatamente.

Los asistentes a aquel acto rieron a carcajadas durante un buen rato. Por fin parecieron calmarse y ponerse serios. Pero alguno de los presentes lo volvía a recordar de pronto, se reía y contagiaba de nuevo a todo el grupo.

Los rivales políticos de Crockett no pudieron soportar la sensación de ridículo y abandonaron abochornados aquel lugar, en medio de las carcajadas más sonoras que nunca habían oído.

Tras la campaña electoral, David Crockett fue elegido senador. Era el año 1827.

El gran cazador de osos, el guía del general Jackson, el valiente vencedor de los guerreros creeks se sentó en su escaño del Congreso de los Estados Unidos.

A David le costó un tremendo esfuerzo adaptarse a su nueva vida, tan alejada de la que él deseaba en el fondo. Le desagradaban las luchas e intrigas políticas que empezó a descubrir desde el primer momento. Pero su espíritu de sacrificio y su capacidad para salvar obstáculos le hicieron enfrentarse con todas sus fuerzas a esta nueva situación.

David Crockett pasó a formar parte del partido encabezado por el general Jackson. Él supuso un importante apoyo para el reciente e inexperto senador y lo animó a continuar en la vida política.

A pesar de su entrega y de su buena disposición, al senador Crockett no le gustaba el ambiente que se respiraba en el Congreso. Era muy distinto de lo que él había imaginado y de sus ideales sobre lo que debía ser. Comprobó que las decisiones que se tomaban sobre un tema dependían de los apoyos que previamente hubieran pactado los senadores.

En otras ocasiones, a David le inquietaba ver cómo quedaban aplazadas decisiones sobre asuntos de gran importancia para el país, mientras se pasaban horas y horas, discutiendo aspectos que para él carecían de importancia.

Cuando sus viejos amigos de Tenessee le pedían que les contara cosas interesantes sobre el Congreso, al senador le costaba encontrar algo que pudiera resultar atractivo.

—Se habla demasiado. Es todo muy aburrido. Hay senadores que se pasan mucho tiempo hablando sin decir nada. Parece que les pagan por hablar. A otros como yo, en cambio, es como si nos pagaran por escuchar. Y tiene su mérito. Los discursos son tan aburridos que no es nada fácil oírlos sin quedarse dormido —decía con gracia y humor David.

# CAPÍTULO ONCE

# EN DEFENSA DE LOS COLONOS

**D**avid Crockett seguía siendo el hombre entrañable que había sido siempre. Continuaba manteniendo relación con sus antiguos amigos y conocidos. Siempre estaba dispuesto a ayudarlos en todo lo que estuviera en su mano. Ahora bien, ninguno de los allegados del senador consiguió nunca un trato de favor por su parte. Su integridad y honradez permanecían tan intactas como el primer día de su carrera política.

Un día, un grupo de ciudadanos de Tenessee pasó a visitar al senador Crockett. Entre ellos estaba el señor Chidle, principal responsable de que David se hallara en el Congreso.

—Señor Chidle, nunca le perdonaré que me arrastrara hasta este lugar —dijo David mientras abrazaba a su viejo amigo.

—Está donde debe estar, señor Crockett. El estado de Tenessee lo necesita aquí. Sabemos que es usted incapaz de traicionar a sus electores. Podrá hacer mucho por nosotros. No lo dude.

—Gracias por la confianza que siguen depositando en mí. Espero no defraudarla nunca.

—Senador Crockett, hemos venido a Washington para pedirle ayuda.

—¿De qué se trata, señor Chidle?

—Verá, senador. Usted conoce muy bien los esfuerzos de los colonos por ganar nuevas tierras para nuestro país, por llevar nuestras fronteras siempre hacia adelante. Usted ha visto a familias enteras trabajando de sol a sol para convertir un erial en terreno cultivable.

—He vivido todo eso en mi propia familia. Lo conozco bien.

—Pues bien, senador, el gobierno ha ido aumentando los impuestos a los colonos de forma considerable. Están atravesando por graves dificultades económicas. Las personas con dinero están aprovechando esta situación para comprar a bajo precio tierras que ya pueden ser explotadas. Esas tierras que han trabajado con tanto esfuerzo los colonos pasan, así, a manos de quienes nada han hecho, de quienes se están haciendo cada vez más ricos.

—¿Qué necesitarían los colonos para que mejorara su situación actual? —preguntó David con interés.

—Necesitarían que el gobierno rebajara los impuestos y los elevados precios a los que ha valorado esas tierras. Además, tendría que concederles plazos más amplios y mayores facilidades para adquirir las tierras ya ocupadas.

—El problema es que el gobierno necesita dinero —dijo David—. Si reduce los impuestos, rebaja el precio de las tierras y concede facilidades de pago, ¿de dónde obtendrá el dinero que necesita para los gastos del estado?

—Debe pedirlo prestado a los bancos. Lo que no es razonable es que arruine a los colonos.

—De acuerdo, señores. Expondré en el Congreso lo que acaban de decirme.

—Gracias, senador —dijo conmovido el señor Chidle.

—No deben darme las gracias. Es mi obligación como senador. Haré todo lo que sea necesario para ayudar a los colonos y para ser digno de la confianza que merecí cuando me eligieron.

Crockett habló inmediatamente con el general Jackson, quien no estuvo de acuerdo con lo que David proponía.

—Hay que investigar qué tierras han sido trabajadas y cuáles no. Estas últimas pasarán a ser de nuevo propiedad del estado. Se venderán a buen precio y se obtendrá así el dinero necesario.

—Pero puede ser que esas tierras pertenezcan a colonos que no han podido trabajarlas a causa de los fuertes impuestos que pesan sobre las que están explotando. ¿De dónde van a sacar el dinero para trabajar otras tierras?

—Eso a nosotros no nos importa.

—Sí nos importa, general Jackson. ¿Por qué cree que muchos de nuestros compatriotas se van de su país y se instalan en tierras de Texas, Nuevo México o California?

—¡Porque son malos patriotas! —exclamó furioso el general.

—¡No lo son! ¡Seguramente usted es peor patriota que ellos!

—¿Cómo se atreve? ¡Decirme eso a mí!

—Es la verdad. No son malos patriotas los que buscan tierras para poder vivir y engrandecer el país. En cambio, puede serlo usted, que se presenta como candidato a la presidencia de la nación y no le preocupan los problemas de esos hombres, a los que obliga a irse del país a causa de una política injusta.

—Crockett, se deja llevar por el lado romántico, por lo que afecta a un pequeño grupo de hombres. Yo tengo una visión más amplia del problema. Los intereses de la nación han de estar por encima de los intereses individuales.

—No me convence, general. Nunca entenderé por qué si hay tantas tierras sin cultivar en nuestro país, conviene a los intereses de la nación que muchos de sus ciudadanos vayan a trabajar a otros países. México, sin ir más lejos, está adoptando medidas más adecuadas que las nuestras. Su política favorece que se cultiven tierras que ahora son estériles.

—Está bien, Crockett. Usted seguirá con sus ideas y yo con las mías. Ahora bien, yo conseguiré que el Congreso vote a mi favor. No lo olvide.

—Pero yo conseguiré que se oiga mi voz, general, que es la voz de los más débiles, contra los que se están cometiendo grandes injusticias.

Después de su enfrentamiento con el general, David sabía que no tendría en contra sólo a Jackson, sino a todo el Partido Demócrata o a la gran mayoría de sus miembros.

Aun así, David decidió luchar. Era necesario, al menos, que se conocieran sus opiniones, que seguramente compartían otros muchos ciudadanos.

Para ello, realizó una clara y brillante exposición en el Congreso. Sus puntos de vista seguían siendo los mismos que había planteado al general Jackson. En su discurso decidió no andarse por las ramas y presentar el problema de los colonos en toda su crudeza. De la misma forma criticaría las medidas, perjudiciales en su opinión, que pensaba tomar el gobierno.

Los congresistas se quedaron asombrados con el discurso que estaba pronunciando el senador. David Crockett hablaba con una gran pasión y captó la atención de todos ellos desde el primer momento.

Miraban atentamente a aquel hombre al que la mayoría había considerado incapaz de hablar en público, aunque le reconocían su honradez y recto comportamiento.

Un inmenso y prolongado aplauso de una gran parte de los representantes de la nación cerró las palabras del senador.

Las propuestas de David Crockett no obtuvieron, como él ya esperaba, el respaldo de la mayoría de los congresistas. Pero, enmienda tras enmienda, logró que el proyecto del general Jackson se aplazara durante once años. Al cabo de ese tiempo, los colonos consiguieron unas ventajosas condiciones. Algo que no habrían logrado si David Crockett no hubiera seguido luchando tras ser derrotado por el propio jefe de su partido, el general Jackson.

UN DÍA, UN GRUPO DE CIUDADA-NOS DE TENESSEE VISITÓ A DAVID.

SENADOR, LOS COLONOS ESTÁN ARRUINADOS. EL GOBIERNO LES EXIGE DEMASIADO.

SEÑORES, HARÉ TODO LO QUE ESTÉ EN MI MANO.

DAVID DECIDIÓ HABLAR DE LOS PROBLEMAS DE LOS COLONOS CON EL JEFE DE SU PARTI-DO, EL GENERAL JACKSON.

DAVID INSISTIÓ CON MÁS ARGUMENTOS.

TIENEN QUE PAGAR.

PERO, SEÑOR, SE ESTÁN QUEDANDO SIN SUS TIERRAS.

LOS COLONOS ENCUENTRAN EN MÉXICO MEJORES CONDICIONES.

SON MALOS PATRIOTAS.

¡USTED ES UN MAL PATRIOTA. NO ELLOS!

¡QUÉ BIEN HABLA!

DAVID EXPLICÓ EN EL CONGRESO LA SITUA-CIÓN DE LOS COLONOS...

AUNQUE NO OBTUVO EL RESPALDO DEL CON-GRESO, DAVID SIGUIÓ LUCHANDO POR LOS DERECHOS DE LOS COLONOS.

# CAPÍTULO DOCE

# EN DEFENSA DE LOS INDIOS

**D**avid Crockett tuvo otra gran intervención en el Congreso, tras aquella que realizó en defensa de los colonos.

En esta ocasión se trataba de un tema, si cabe, más polémico aún, y que causó mayor extrañeza en los que conocían la vida del senador.

El general Jackson había sido elegido ya presidente de los Estados Unidos. Andrew Jackson era el séptimo presidente. A él tendría que oponerse ahora David Crockett y, curiosamente, sería para defender a los pieles rojas, a los que tanto Jackson como Crockett habían combatido juntos.

El problema que existía en ese momento era que los derechos territoriales de los indios se encontraban seriamente amenazados. Esta amenaza procedía de un plan que, preparado desde el gobierno, rompía con las promesas y tratados firmados con anterioridad.

Estos tratados reconocían a los indios cherokees, semínolas y creeks, entre otros, como pueblos soberanos que habitaban un territorio perfectamente delimitado.

El general Jackson, ahora presidente de los Estados Unidos, había firmado alguno de estos tratados.

Los indios habían respetado escrupulosamente esos tratados de paz y se mantenían en sus territorios. Incluso, algunas tribus habían abandonado su forma tradicional de vida y habían adoptado los modelos de los colonos blancos. Así, habían empezado ya a cultivar las tierras y a criar ganado.

Esto no agradó a un gran número de personas, que consideraban a los indios poco menos que animales. Muchos colonos, además, empezaron a codiciar las tierras cultivadas por los indios.

Por otro lado, el descubrimiento de oro en territorio indio produjo una verdadera invasión de buscadores del preciado metal, que no respetaron los límites territoriales. Las represalias de los indios fueron sangrientas. La amenaza de una nueva guerra entre blancos y pieles rojas era cada vez más clara.

Los gobernantes de varios estados comenzaron a presionar al gobierno de la nación para que hallara alguna fórmula que, bajo una supuesta legalidad, permitiera violar los tratados firmados con los indios.

Todo esto era perfectamente explicable si se tiene en cuenta que muchas personas de la época no consideraban a los pieles rojas como seres humanos. Menos aún, entonces, iban a tener en cuenta los tratados territoriales firmados con ellos.

Las maniobras de esos gobernantes dieron buenos resultados. Consiguieron del presidente de la nación un decreto por el que se autorizaba a los indios a cambiar sus tierras por otras y se les ayudaba económicamente en el traslado.

A pesar de que David había combatido a los indios, a pesar de que sus propios abuelos habían muerto bajo flechas indias, aquellas medidas le parecieron profundamente injustas.

Sabía que los pieles rojas habían respetado los tratados y que habían sido los blancos quienes los habían roto. Estaba también la palabra dada. Recordó a Ojo Negro. No podía olvidar las promesas que personalmente le había hecho.

Por eso, pensaba que la defensa de los indios era, por un lado, una cuestión de conciencia y, por otro, una cuestión de honor.

Todas estas razones fueron las que empujaron a David Crockett, sin dudar un instante, a hablar en el Congreso. Allí pediría justicia para los débiles, que en esta ocasión eran los indios. Otra vez tendría que oponerse a lo que defendía quien había sido su compañero de armas, el general Jackson.

El senador Crockett, en los días anteriores a su comparecencia en el Congreso, tomó una firme decisión que afectaba a la continuidad de su vida política. Si el decreto del gobierno era aprobado y entraba en vigor, él dimitiría de su escaño de senador. Era lo que le dictaba su conciencia. No quería ser cómplice de la traición que se iba a cometer.

La noticia de que David Crockett iba a hablar de los derechos territoriales de los pieles rojas causó una gran expectación entre los propios congresistas, poco acostumbrados a oír al senador. Pero también atrajo la atención de muchos curiosos.

Llegó el día señalado. David sabía que se encontraba solo en su lucha y que estaba cavando su tumba política. Miró a todos los presentes y, con voz clara y serena, comenzó su discurso.

*«¡Caballeros! Nadie podrá acusarme de simpatizar con los indios. Los he combatido y se puede decir que he crecido haciéndoles la guerra. Sin embargo, y de acuerdo con nuestro propio gobierno, los he considerado siempre como un pueblo soberano.*

*En los últimos tiempos, los pieles rojas han vivido en su territorio sin sobrepasar los límites que se fijaron en los tratados de paz. Muchos de ellos se dedican ahora a la agricultura y a la ganadería, y están firmemente asentados en sus tierras. Unas tierras que les pertenecen, como el gobierno de los Estados Unidos reconoció en los tratados. En cambio ahora, ese gobierno decide arrebatárselas.*

*Como senador, no puedo votar una ley que rompe las normas y viola derechos que nos comprometimos a respetar.*

*Conozco lo suficiente a los indios como para saber que ni una sola vez han dejado de respetar los acuerdos. Si en alguna ocasión ha parecido que lo hacían, estoy seguro de que era en respuesta a alguna provocación de nuestros hermanos de raza. Este noble pueblo guerrero fue un día poderoso y ahora está en peligro de extinción. Sólo le queda ya la protección que le ofreció el gobierno de los Estados Unidos. Adquirimos ese compromiso*

*No me opongo a que los indios se trasladen a otras tierras. Pero siempre que ellos quieran, siempre que lo hagan por su propia voluntad y no imponiéndoselo por la fuerza de las armas.*

*La paz está en peligro. Los indios no se resignarán a perder*

*las tierras que obtuvieron en los tratados que ambas partes fir-*
*maron.*

*¡Caballeros! Aunque sea el único, votaré en contra de ese*
*decreto. Lo haré convencido. Seré fiel a mi conciencia.*

*Si ese decreto entra en vigor, dimitiré».*

Tras su discurso, David Crockett se dispuso a abandonar la sala del Congreso. Un senador se puso en pie y dijo:

—Senador Crockett, quizá ha olvidado que un día defendió aquí a los colonos. Las tierras que tienen los indios las necesitamos para ellos, ¡para sus protegidos de entonces!

—No he olvidado nada. Hoy, como entonces, clamo contra la injusticia. En aquel momento, defendí a los colonos porque eran víctimas de los especuladores. Ahora, los indios corren el riesgo de ser víctimas de los colonos. Por eso, pido que se les proteja.

Así acabó David Crockett su intervención, que sería la última como senador del Congreso de los Estados Unidos.

Muchas organizaciones y hombres destacados apoyaron y defendieron a David Crockett.

A pesar de todo, el decreto fue aprobado. David asistió como espectador a la expulsión de los indios de las tierras que por derecho les correspondían. El camino que tuvieron que recorrer las tribus indias, hasta los lugares a los que fueron desplazados, se conoce con el nombre de *La ruta de las lágrimas.*

DAVID TUVO OTRA GRAN INTERVENCIÓN EN EL CONGRESO. ESTA VEZ PARA DEFENDER A LOS INDIOS.

LOS BLANCOS ESTÁN ROMPIENDO LOS TRATADOS.

LOS INDIOS HAN CUMPLIDO CON SU PALABRA.

DAVID DECIDIÓ QUE HARÍA OÍR LA VOZ DE LOS INDIOS EN EL CONGRESO.

CABALLEROS, TODOS SABEN QUE HE CRECIDO COMBATIENDO A LOS INDIOS...

AHORA ME VEO EN LA OBLIGACIÓN DE DEFENDERLOS. SE PRETENDE HACER CON ELLOS UNA INJUSTICIA...

NO PUEDEN SER TRASLADADOS DE SUS TIERRAS A LA FUERZA.

SI ESE DECRETO ENTRA EN VIGOR, DIMITIRÉ COMO SENADOR.

# CAPÍTULO TRECE

# CAMINO DE TEXAS

**D**avid abandonó definitivamente la política y estuvo pensando cómo encauzaría su vida. Al final decidió que se asentaría en Texas.

· En su decisión influyeron las mismas razones que tenía cualquier colono. En Texas, territorio aún mexicano, se conseguían tierras a buen precio, gracias a las medidas dictadas por el gobierno.

Dejó, de momento, a su familia en Tenessee y se lanzó de nuevo a la aventura.

A caballo por los caminos de su país, David volvió a sentir la agradable soledad. Cabalgando bajo el sol, sintiéndose por fin libre, llegó a Little Rock, en el estado de Arkansas.

Encontró una gran animación en las calles y preguntó a una mujer a qué era debido aquel bullicio.

—Estamos en fiestas. ¡Cómo se nota que es usted forastero! Ahora mismo comienza el concurso de tiro.

—¡Ah, qué interesante!

David se acercó hasta un corro de personas y dijo:

—Buenos días. Soy el coronel David Crockett. ¿Podría participar en el concurso?

—Desde luego, coronel. Será un honor para nosotros contar con un gran tirador como usted.

Comenzó el concurso y fueron tirando los distintos participantes. Cuando David disparó, el encargado de examinar los tiros gritó:

—¡Ha dado justo en el centro de la diana! ¡Es el ganador!

—¿Lo hace siempre igual, coronel? —preguntó un joven fanfarrón.

—Siempre. ¿Quiere usted verlo?

David volvió a disparar. Cuando fueron a examinar el blanco, sólo encontraron el agujero hecho en el primer disparo.

—Tuvo usted suerte en la anterior, ¿no? —dijo el jovencito.

—Extraigan la bala —ordenó David.

Extrañado por aquella petición, un hombre sacó una bala con la punta del cuchillo.

—Aquí tienen la bala de mi segundo disparo. Siga profundizando en el mismo sitio y encontrará otra, la de mi primer disparo.

Así fue. Las dos balas estaban exactamente en el mismo lugar.

—Yo... Creía... —tartamudeaba el joven fanfarrón.

—La próxima vez tenga más cuidado, muchacho. No sea tan imprudente en sus comentarios.

David se despidió para continuar su viaje. Pero no se lo permitieron.

—Será nuestro huésped de honor durante unos días.

Tras varios días de descanso entre aquella amable gente, David se puso en camino hacia Red River. Allí embarcó en un pequeño vapor que remontaba el río.

Mientras paseaba por cubierta, David observó que se había formado un animado grupo de gente. Se acercó hasta allí y vio que se trataba de hacer apuestas en un curioso juego que dirigía un simpático personaje. Éste manejaba tres cubiletes. Debajo de uno de ellos colocaba un garbanzo y después movía con gran rapidez los cubiletes. El juego consistía en adivinar bajo cuál de ellos se hallaba el garbanzo.

David pasó un rato allí y vio cómo la gente perdía sus dólares a una velocidad pasmosa. Se dio la vuelta para marcharse cuando el curioso personaje le dijo:

—¿Se marcha ya, caballero? ¿Le da miedo apostar contra mí?

—En absoluto. No le tengo miedo a nada. Apuesto diez dólares.

—Acepto la apuesta, caballero.

Mostró a David cuál de los cubiletes contenía el garbanzo y comenzó con sus rápidos movimientos. A continuación dejó quietos los cubiletes.

—Bien. Ya puede decir a cuál de ellos apuesta sus diez dólares.

David se quedó pensativo unos instantes. Luego, con un rapidísimo movimiento, levantó uno de los cubiletes. Allí estaba el garbanzo.

El ganador reclamó su dinero. Mientras lo recibía dijo en voz baja:

—Si me deja levantar a mí el cubilete, estoy dispuesto a seguir jugando.

El hombre se puso lívido y recogió los cubiletes a toda prisa.

—Por hoy, el juego ha terminado —anunció.

—Siento que se haya enfadado —dijo David—. Pero fue usted quien me desafió.

—Usted ha descubierto mi truco, ¿no es así?

—Sí. Me di cuenta enseguida de que era al levantar el cubilete cuando retiraba el garbanzo.

—¿Por qué no me denunció ante todos?

—Yo sólo impedí que hiciera la trampa conmigo. No me gusta meterme en asuntos ajenos —contestó David.

—Se lo agradezco, señor...

—David Crockett.

—¿Es usted el famoso senador Crockett? —preguntó asombrado el hombre.

—El mismo —contestó David tendiéndole la mano.

—Me llamo John Thimblering. ¿No le importa estrechar mi mano a pesar de lo que ha ocurrido? Si me conociera de verdad...

—Esa duda demuestra que es usted un caballero y no un malvado. Todavía puede regenerarse.

—¿De veras cree usted eso, senador?

—No me llame senador, se lo ruego. Llámeme David. Somos amigos, ¿no?

—¡No sabe lo que le agradezco que diga eso! —exclamó Thimblering emocionado.

—No tiene muchos amigos, ¿verdad?

—Mi pasado me lo impide.

—El pasado no importa. Lo que importa es el futuro. Seguro que usted puede rehacer su vida —dijo David invitándole a hablar.

—Fui educado como un caballero, pero soy un bribón. Malgasté la fortuna que heredé de mis padres y sólo encontré un medio de seguir viviendo: el juego. He tenido incidentes en algunas ciudades por hacer trampas. Ahora me dedico a lo que ha visto...

—¿Eso es todo? —preguntó David.

—Todo.

—¡Pero eso no es tan grave! Son pequeñas locuras de juventud. ¿Por qué no se viene conmigo a Texas? Me instalaré allí y luego vendrá mi familia. Texas es una tierra joven que necesita hombres emprendedores. Allí podrá empezar una nueva vida.

—¿Me aceptaría como compañero? —preguntó Thimblering.

—Claro que sí. Si no, no se lo hubiera propuesto.

—Iré a Texas. ¡Gracias a usted volveré a ser un hombre honrado!

Thimblering estaba entusiasmado. Desde ese momento fue el compañero inseparable de David Crockett.

DAVID ABANDONÓ SU ESCAÑO COMO SENADOR.

IRÉ A TEXAS. ALLÍ EMPEZARÉ UNA NUEVA VIDA.

¡ES EL GANADOR!

¿SIEMPRE LO HACE ASÍ?

AL PASAR POR LITTLE ROCK, DAVID PARTICIPÓ EN UN CONCURSO DE TIRO.

DAVID VOLVIÓ A REALIZAR OTRO DISPARO Y NO ENCONTRARON EL AGUJERO.

¡EXTRAIGAN LA PRIMERA BALA!

FÍJENSE BIEN. ¿DÓNDE ESTARÁ EL GARBANZO?

¡OH, ESTABAN LAS DOS JUNTAS!

EN EL BARCO QUE TOMÓ PARA REMONTAR UN RÍO, DAVID ESTUVO OBSERVANDO A UN CURIOSO PERSONAJE.

SI ME DEJA LEVANTAR A MÍ EL CUBILETE, SEGUIRÉ JUGANDO.

¡EL JUEGO HA TERMINADO!

DAVID SE QUEDÓ HABLANDO CON AQUEL HOMBRE. SE HICIERON MUY AMIGOS.

EN TEXAS PODRÁ EMPEZAR UNA NUEVA VIDA.

VOLVERÉ A SER UN HOMBRE HONRADO.

# CAPÍTULO CATORCE

# EL ÁLAMO

El gobierno mexicano demostraba un gran interés en que colonos estadounidenses se establecieran en Texas. No sólo les daba facilidades para comprar tierras, sino que incluso regalaba terrenos cuando se realizaban asentamientos numerosos. Así, en el año 1834, más de dieciocho mil norteamericanos vivían en territorio texano.

Estos inmigrantes seguían considerándose ciudadanos estadounidenses; tenían un gran sentimiento nacionalista y, además, vivían muy cerca de la que sentían como su patria.

Por otro lado, México atravesaba momentos de gran inestabilidad social y política. Algunos mexicanos fundaron nuevos partidos que defendían la independencia de Texas.

Esos dirigentes políticos no tuvieron en cuenta a los dieciocho mil colonos estadounidenses. Estaban convencidos de que sería fácil conducirlos hacia donde ellos pensaban. Pero se equivocaban.

Los enfrentamientos por la independencia de Texas habían comenzado antes de que David Crockett y Thimblering llegaran a este territorio. Estadounidenses e independentistas luchaban en las mismas filas, aunque movidos por distintos ideales.

En el año 1836, los independentistas, apoyados por colonos y tropas del país vecino, se acuartelaron en el fuerte de El Álamo. Desde allí se defendían e incluso instigaban al ejército mexicano.

David Crockett y Thimblering llegaron a Texas cuando ocurrían estos hechos y no dudaron un momento en unirse a la lucha que mantenían sus compatriotas.

El presidente de México, el general Santa Ana, cansado de tolerar ese foco de continua resistencia, decidió recuperar el fuerte a toda costa y preparó una importante operación militar.

El veintidós de febrero de 1836, las tropas mexicanas llegaron a El Álamo. Pidieron la rendición incondicional de los refugiados. Un cañonazo fue la respuesta que obtuvieron de ellos. Ese mismo día comenzó el asedio.

La bandera de los Estados Unidos ondeaba en el fuerte. El teniente coronel Travis y el coronel Bowie estaban al mando de las fuerzas allí destacadas.

Travis tomó la palabra ante un numeroso grupo de personas reunidas en su despacho.

—Caballeros, me dispongo a mandar a un mensajero para pedir refuerzos al coronel Fanning, que se encuentra en el fuerte de Goliad. Por su proximidad, confío en que puedan llegar a tiempo para prestarnos ayuda. De todas formas, seguiremos combatiendo hasta el final, como valientes soldados.

Ésa es mi propuesta, señores. Me gustaría ahora conocer su opinión.

Todos se mostraron unánimemente de acuerdo con las palabras del teniente coronel y así lo manifestaron públicamente.

—Gracias, caballeros. No esperaba menos de ustedes —dijo Travis—. Vuelvan a sus puestos. La suerte está echada.

Nada más finalizar aquella reunión, los cañones mexicanos comenzaron un intenso fuego contra los muros de El Álamo. Los asediados, tras varias horas de violentos combates, lograron rechazar el ataque.

No obstante, se esperaba la llegada de nuevas tropas del ejército mexicano. Si los fortificados no recibían apoyo a tiempo, sucumbirían sin remedio ante la superioridad numérica del enemigo.

Durante dos días y dos noches, la artillería mexicana no cesó en su fuerte ofensiva. Las descargas de los fusiles eran también constantes.

El tercer día parecía presentarse más tranquilo. Era como si el enemigo fuera a tomarse una jornada de descanso. Pero de repente, se produjo un fuerte tiroteo contra un grupo de jinetes que se acercaba a galope al fuerte.

Los asediados pudieron cubrir el avance de aquellos hombres y consiguieron entrar en El Álamo. Eran treinta independentistas texanos. Fue el único refuerzo que recibieron los sitiados.

Las tropas mexicanas, después de aquel suceso, rodearon completamente el fuerte. Querían impedir así la salida de los resistentes o la posible llegada de contingentes de apoyo.

Los asediados intentaron, en numerosas ocasiones, romper el cerco que les impedía recibir cualquier ayuda del exterior. Fue inútil. Todas las iniciativas obtuvieron una sangrienta respuesta.

Muchos hombres murieron en el intento. Otros muchos fueron gravemente heridos, entre ellos el coronel Bowie.

Ante la imposibilidad de salir a pedir ayuda, el teniente cononel Travis prohibió terminantemente que se realizaran esas intentonas.

David fue a ver cómo se encontraba el coronel Bowie. Éste hizo esfuerzos por mostrarse animado.

—¿Cómo van las cosas, David? —preguntó con interés Bowie.

—Bien —mintió Crockett.

—Dígame la verdad. ¿Hay alguna posibilidad de recibir refuerzos?

—Ninguna —contestó David.

—¿Lo saben nuestros hombres? —preguntó el coronel.

—¿Cree que es necesario?

—Tienen derecho a saber que van a morir. Quiero hablar con Travis para convencerlo.

David fue a buscar a Travis. Éste acababa de recibir un mensaje del general Santa Ana.

—Me dan media hora para responder: o rendición incondicional o muerte.

—Sobra todo el tiempo, teniente coronel —dijo Crockett—. La decisión ya estaba tomada. No tenemos nada que pensar.

Travis fue a hablar con Bowie. Pocos minutos después, la

guarnición de El Álamo al completo estaba reunida en el patio del fuerte. Era el día tres de marzo.

Travis se dirigió a sus hombres y les explicó la situación: los refuerzos no llegarían. Las esperanzas de salvación que pudieran haber albergado desaparecerían en el mismo momento en el que el enemigo iniciara un nuevo ataque. Todo el fuerte fue un clamor unánime:

—¡Victoria o muerte! —gritaron todos al unísono.

El día seis de marzo amaneció con un claro y brillante sol. Los centinelas de El Álamo vieron que el ejército mexicano se organizaba en cuatro columnas y comenzaba su avance hacia el fuerte. Se iniciaba el ataque.

Los disparos de los fusiles y los potentes cañonazos cubrieron a la infantería que, provista de escalas, ascendía por los muros de la fortaleza. Desde el interior, nada pudieron hacer por impedirlo. Las numerosas tropas mexicanas penetraron, por fin, en El Álamo.

Se produjo una lucha desesperada, un combate cuerpo a cuerpo. Los sitiados resistían desde todos los rincones.

Poco a poco, los ochenta y tres hombres de El Álamo fueron cayendo uno a uno ante el enemigo.

David Crockett murió también, luchando hasta el final, como un verdadero héroe. El héroe que ha llegado hasta nuestros días.

En cuanto a Texas, pasó a formar parte de los Estados Unidos en el año 1845. La anexión se produjo tras una guerra con México.

EN AQUEL MOMENTO, MUCHOS COLONOS ESTADOUNIDENSES VIVÍAN EN TEXAS. VARIOS PARTIDOS POLÍTICOS MEXICANOS QUERÍAN QUE FUERA UN ESTADO INDEPENDIENTE.

¡RESISTIREMOS EN EL FUERTE DE EL ÁLAMO!

DAVID CROCKETT SE UNIÓ A SUS COMPATRIOTAS QUE LUCHABAN EN EL ÁLAMO JUNTO A LOS INDEPENDENTISTAS.

EL GENERAL SANTA ANA DECIDIÓ ACABAR CON AQUEL FOCO DE RESISTENCIA Y COMENZÓ EL ASEDIO DEL FUERTE.

¡VICTORIA O MUERTE!

LOS SITIADOS NO RECIBIERON REFUERZOS DEL EXTERIOR. EL EJÉRCITO MEXICANO LOGRÓ PENETRAR EN EL ÁLAMO Y ACABÓ CON LOS RESISTENTES.

DAVID CROCKETT MURIÓ COMO UN VERDADERO HÉROE EL SEIS DE MARZO DE 1836, EN EL ÁLAMO.

# Juego

# SALTO DE CABALLO

Resuelve este salto de caballo y conocerás dos aspectos muy importantes de nuestro héroe.

Como ya sabes, el caballo salta dos casillas en horizontal y una en vertical o dos en vertical y una en horizontal.

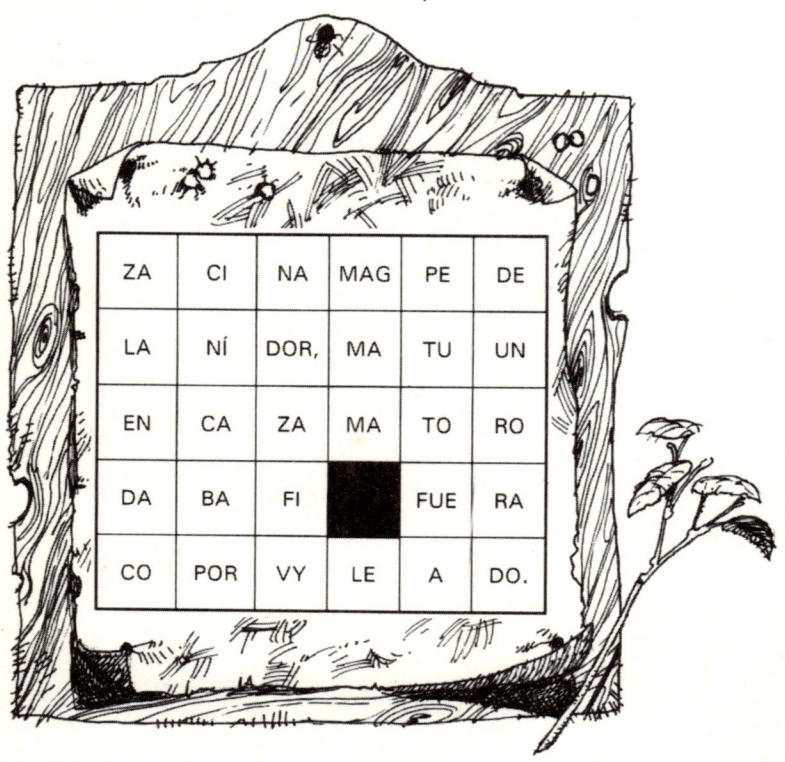

| ZA | CI | NA | MAG | PE | DE |
| LA | NÍ | DOR, | MA | TU | UN |
| EN | CA | ZA | MA | TO | RO |
| DA | BA | FI | ■ | FUE | RA |
| CO | POR | VY | LE | A | DO. |

Nota sobre la obra

# ◡◠◡◠ DAVID CROKETT ◡◠◡◠

Las hazañas de David Crockett, héroe nacional en algunos estados norteamericanos, han dado lugar a una verdadera figura de leyenda.

Si bien es un personaje histórico (nacido en 1786 en el estado de Tenessee), que participó como soldado en guerras contra los indios y fue miembro del Congreso, su vida está llena de episodios inventados por sus compatriotas, lo que han hecho de él un auténtico mito.

David Crockett escribió sus memorias, publicadas en 1834. En ellas cuenta su agitada vida, en un estilo sencillo y muy ameno.

Los hechos que David Crockett narra de forma autobiográfica son dignos de figurar en obras literarias y cinematográficas, aunque poco tienen que ver con los sucesos inventados por la fantasía popular.

Reales o no, las acciones de David Crockett han servido para hacer de él protagonista de innumerables libros y películas y su fabulosa popularidad se ha mantenido viva, a través de los años, hasta nuestro días.

Su muerte en El Álamo, 1836, engrandeció aún más la figura de este indiscutible héroe de los Estado Unidos.

## OTROS TÍTULOS
## DE LA COLECCIÓN

LA ISLA DEL TESORO

TOM SAWYER

HEIDI

BUFFALO BILL

EL LIBRO DE LA SELVA

HUCKLEBERRY FINN

DICK TURPIN

ROBIN HOOD

WINNETOU

LA VUELTA AL MUNDO EN 80 DÍAS

SANDOKÁN